ARTHUR C. CLARKE

2001 l'odyssée de l'espace

D'après un scénario original de
STANLEY KUBRICK et ARTHUR C. CLARKE

Traduit de l'anglais
par Michel DEMUTH

Ce roman a paru sous le titre original :

2001 : A SPACE ODYSSEY

A Stanley

AVANT-PROPOS

Derrière chaque être vivant il y a trente fantômes, car tel est le rapport des morts aux vivants. Depuis l'aube des temps, environ cent milliards d'êtres humains ont vécu sur cette planète.

Et ce nombre est très intéressant car, par une curieuse coïncidence, il existe environ cent milliards d'étoiles dans notre univers local, la Voie Lactée. Ainsi, pour chaque homme qui vécut jamais, une étoile brille dans l'espace.

Mais chacune de ces étoiles est un soleil, souvent plus lumineux et plus puissant que cette petite étoile proche de nous que nous appelons le soleil. Et de nombreuses étoiles de la Voie Lactée — la plupart sans doute — possèdent des planètes qui tournent autour d'elles. Ainsi, il existe certainement de par l'univers assez de mondes pour donner à chacun des hommes qui habitèrent la Terre un paradis ou un enfer qui n'appartienne qu'à lui.

Combien de ces paradis, de ces enfers, sont actuellement habités et par quel genre de créatures, il nous est impossible de le deviner. L'étoile la plus proche est encore des millions de fois plus éloignée de nous que Mars ou Vénus qui, pour la génération à venir, restent des buts difficiles à atteindre. Mais la muraille des distances s'effondre : un jour, parmi les étoiles, nous rencontrerons nos égaux, ou nos maîtres.

Les hommes ont mis longtemps à admettre cette idée. Certains espèrent encore qu'elle ne deviendra jamais une réalité. Un plus grand nombre, pourtant, chaque jour plus important demande : « Pourquoi une telle rencontre ne s'est-elle pas déjà produite puisque nous nous hasardons déjà dans l'espace nous-mêmes ? »

Oui, pourquoi ? Ce roman offre une réponse possible à cette question très raisonnable. Mais rappelez-vous bien qu'il ne s'agit que d'une œuvre de fiction. La vérité, comme d'habitude, sera encore bien plus étrange.

A.C.C.

PREMIÈRE PARTIE

LA NUIT ANCESTRALE

1

LE CHEMIN DE L'EXTINCTION

La sécheresse durait maintenant depuis dix millions d'années et le règne des terribles lézards avait depuis longtemps pris fin. Ici, à l'Equateur, sur le continent que l'on appellerait un jour l'Afrique, la lutte pour l'existence avait atteint un nouveau sommet dans la férocité, et le vainqueur n'était pas encore connu. Dans ce territoire aride et désolé, seul le plus petit, le plus rapide ou le plus puissant pouvait croître et espérer survivre.

Les hommes-singes du désert n'étaient rien de tout cela. Ils ne croissaient pas. En fait, ils étaient bien près de s'éteindre.

Une cinquantaine d'entre eux occupaient une série de cavernes au-dessus d'une petite vallée calcinée où courait un ruisseau alimenté par la fonte des neiges des montagnes, à deux cents milles au nord. Durant la mauvaise saison, le ruisseau était complètement asséché et la tribu vivait avec la soif.

La tribu avait toujours faim et, maintenant, c'était la famine.

Lorsque la première lueur de l'aube filtra dans la caverne, Guetteur de Lune vit que son père était mort durant la nuit. Il ignorait que l'Ancien était son père car un tel rapport dépassait sa compréhension mais, en contemplant le corps émacié, il ressentit un obscur malaise qui était l'ancêtre de la tristesse. Déjà les deux bébés geignaient de faim, mais ils se turent quand Guetteur de Lune poussa un grognement. L'une des mères grogna en réponse, défendant la progéniture qu'elle ne pouvait nourrir. Guetteur de Lune n'eut pas la force de la punir de son insolence.

Il faisait maintenant assez clair pour quitter la caverne. Guetteur de Lune saisit le cadavre recroquevillé et le traîna au-dehors, courbé sous l'effort. Puis il le jeta sur son épaule et se redressa. Il était le seul animal au monde qui en fût capable. Au sein de sa race, Guetteur de Lune était presque un géant. Il mesurait près d'un mètre soixante et son poids, en dépit de la famine, approchait des cinquante kilos. Son corps musculeux et velu était à mi-chemin entre celui de l'homme et celui du singe, mais sa tête, cependant, était plus proche de celle de l'homme. Le front était bas et les arcades sourcilières prononcées, mais déjà les gènes de Guetteur de Lune recelaient la forme de l'humanité à venir. Et comme il contemplait le monde hostile du Pleistocène, il y avait dans son regard quelque chose qui transcendait le singe. Au fond de ses yeux sombres et profondément enfoncés s'éveillait la connaissance, la première manifestation d'une intelligence qui ne pourrait s'affirmer avant des siècles, si elle ne s'éteignait pas d'ici là.

Il n'y avait aucun signe de danger et Guetteur de Lune entreprit de dévaler la pente presque verticale, à peine gêné par son fardeau. Comme s'ils n'avaient attendu que ce signal, les autres membres de la tribu surgirent de leurs refuges, plus bas dans la falaise, et se hâtèrent vers les eaux boueuses du ruisseau.

Guetteur de Lune examina la vallée en quête des Autres mais n'en vit nulle trace. Sans doute n'avaient-ils pas encore quitté leurs cavernes. A moins qu'ils ne fussent déjà en route. Mais, comme ils étaient invisibles, il les oublia. Il ne pouvait réfléchir à plus d'un problème à la fois. D'abord, il lui fallait se débarrasser de l'Ancien. Cela ne demandait pas grande réflexion. Cette saison, il y avait eu beaucoup de morts, dont un dans sa propre caverne. Il lui avait suffi de déposer le cadavre là où il avait laissé le nouveau-né, à la dernière lune. Les hyènes s'étaient chargées du reste. Déjà elles attendaient, à l'endroit où la petite vallée se fondait dans la savane, comme si elles savaient que Guetteur de Lune devait venir.

Il abandonna le corps sous un petit buisson — les ossements avaient disparu — et se hâta de rejoindre la tribu. Plus jamais il ne repenserait à son père.

Ses deux compagnes, les adultes des autres cavernes ainsi que la plupart des jeunes étaient occupés à chercher leur subsistance plus loin dans la vallée, entre les arbres desséchés. Ils étaient en quête de baies, de feuilles, de racines tendres et d'aubaines amenées par le vent, tels que petits lézards et rongeurs. Seuls les bébés et les plus vieux ou les plus faibles demeuraient dans les cavernes. A la fin de la journée, s'il restait suffisamment de nourriture, ils pourraient manger. Sinon, très bientôt, les hyènes en profiteraient à nouveau.

Guetteur de Lune ne gardait pas le souvenir du passé et il n'aurait pu comparer un moment à un autre, mais la journée était bonne. Il avait découvert une ruche dans une souche et joui ainsi de la plus douce gourmandise que son peuple pût connaître. Dans le jour déclinant, tandis qu'il ramenait le groupe vers ses demeures, il se léchait encore les doigts de temps en temps. Bien sûr, il avait également récolté un nombre appréciable de piqûres, mais il y avait à peine prêté attention. Il était maintenant aussi proche de la satiété qu'il lui était possible de l'être car, s'il avait encore faim, il ne ressentait plus aucune faiblesse. C'était là tout ce à quoi un homme-singe pouvait aspirer.

La satisfaction qu'il éprouvait disparut lorsqu'il atteignit le ruisseau. Les Autres étaient là. Ils étaient là chaque jour mais cela ne changeait rien. Ils étaient une trentaine et l'on n'aurait pu les distinguer des membres de la tribu de Guetteur de Lune. En le voyant approcher, ils commencèrent à agiter les bras et à danser au bord du ruisseau en poussant des cris aigus. La tribu de Guetteur de Lune leur répondit. Et ce fut tout. Si les hommes-singes se battaient souvent, il en résultait rarement des blessures graves. Ils ne possédaient ni griffes ni crocs et ils étaient trop bien protégés par leur toison pour se faire beaucoup de mal. De toute façon, ils n'avaient pas d'énergie à gaspiller. Les cris et les menaces suffisaient amplement à exprimer leur point de vue.

La démonstration se poursuivit durant cinq minutes, puis cessa aussi rapidement qu'elle avait commencé et chacun put boire son content d'eau bourbeuse. L'honneur était sauf : chaque groupe avait hautement revendiqué ses droits territoriaux. Cet important devoir accompli, la tribu s'éloigna au long de la berge. La nourriture la plus proche se trouvait à plus d'un mille des cavernes et la tribu devait la partager avec de grands animaux proches des antilopes qui toléraient difficilement la présence des hommes-singes. Il était impossible de les affronter car ils arboraient sur le front de redoutables cornes, armes naturelles dont les hommes-singes ne disposaient pas.

Guetteur de Lune et ses compagnons luttaient contre les morsures de la faim en croquant des baies, des fruits et des feuilles. Et à leur portée, luttant pour le même besoin, se trouvait plus de nourriture qu'ils n'en pourraient jamais absorber. Pourtant, ces tonnes de chair succulente qui s'ébattaient dans la savane, entre les buissons, n'étaient pas seulement au-delà de toute atteinte des hommes, mais au-delà de leur imagination. Lentement, au milieu de l'abondance, ils s'enfonçaient dans la famine.

La tribu regagna les cavernes sans incident, aux dernières lueurs du jour. La femelle blessée gémit de contentement lorsque Guetteur de Lune lui donna la branche couverte de baies qu'il avait ramenée. Elle se mit à dévorer avec avidité. C'était bien peu mais cela lui permettrait de survivre jusqu'à ce que la blessure que lui avait infligée le léopard fût guérie et qu'elle pût chercher elle-même sa subsistance.

La pleine lune se levait sur la vallée et un vent glacé soufflait depuis les montagnes lointaines. Cette nuit, il ferait froid, mais le froid, tout comme la faim, n'était pas vraiment une menace : il faisait partie de l'existence.

Guetteur de Lune bougea à peine lorsqu'il perçut les cris aigus qui montaient des cavernes du bas et résonnaient entre les falaises. Il sut exactement ce qui se passait bien avant d'entendre les rugissements du léopard. Tout en bas, dans les ténèbres, le vieux Cheveux Blancs et sa famille luttaient et mouraient. Pas un instant il ne vint à l'idée de Guetteur de Lune qu'il pouvait les aider. La dure logique de la survivance avait imposé des règles, et pas une voix ne s'éleva de la falaise. Les cavernes épargnées demeuraient silencieuses.

Le tumulte prit fin. Guetteur de Lune put entendre traîner un corps au-dehors. Cela ne dura que quelques secondes, puis le léopard assura sa prise et ne fit plus le moindre bruit en emportant sa proie entre ses mâchoires. Pour la tribu, il n'y aurait aucun danger pendant un jour ou deux. Mais d'autres ennemis continueraient de rôder au loin, profitant de la froide clarté du Petit Soleil. Les cris parvenaient parfois à repousser les agresseurs de petite taille si l'on était averti à temps de leur approche.

Guetteur de Lune rampa jusqu'à l'extérieur, grimpa sur un gros rocher proche de l'entrée et s'accroupit pour observer la vallée.. De toutes les créatures qui avaient jamais vécu sur Terre, les hommes-singes étaient les premiers à contempler la lune en face. Et, bien qu'il ne pût s'en souvenir, Guetteur de Lune, dans sa prime jeunesse, avait souvent tendu la main pour essayer de toucher cette face fantomatique qui errait au-dessus des collines. Jamais il n'y était parvenu et, à présent, il était assez âgé pour en comprendre la raison : il fallait avant tout trouver un arbre suffisamment haut.

Parfois il regardait la vallée, parfois il regardait la Lune, mais il ne cessait jamais de tendre l'oreille aux bruits nocturnes. Il s'assoupit une ou deux fois, mais il était constamment en alerte et le son le plus ténu l'éveillait aussitôt. Il avait atteint l'âge avancé de vingt-cinq ans mais il possédait encore toutes ses facultés. Si sa chance persistait, s'il évitait les accidents, les maladies, les fauves et la famine, il pouvait espérer vivre encore une dizaine d'années.

La nuit s'écoula, froide et claire, sans autre alerte, et la lune s'éleva lentement entre des constellations équatoriales qu'aucun œil humain ne connaîtrait jamais. Au fond des cavernes, entre le sommeil et l'attente angoissée, naissaient les cauchemars des générations à venir. Et par deux fois, montant au zénith pour redescendre à l'orient, un point de lumière plus brillant que n'importe quelle étoile passa lentement dans le ciel.

2

LE NOUVEAU ROCHER

Tard cette nuit-là, Guetteur de Lune s'éveilla soudain. Fatigué par les efforts du jour, il avait dormi plus profondément qu'à l'accoutumée. Pourtant, au premier et infime grattement qu'il perçut dans la vallée, il fut instantanément en alerte. Il se redressa dans l'obscurité fétide de la caverne et sonda la nuit. La peur s'infiltra en lui. Jamais il n'avait entendu un tel son. Pourtant, il avait presque deux fois l'âge que n'importe quel membre de sa race pouvait espérer atteindre. Les grands chats approchaient en silence et seuls le craquement occasionnel d'une brindille ou un éboulis pouvaient les trahir. Mais le bruit que percevait Guetteur de Lune était comme un broiement continu qui se faisait plus fort d'instant en instant. On eût dit que quelque énorme animal se déplaçait dans la nuit sans essayer de se dissimuler et en ignorant tous les obstacles. Guetteur de Lune reconnut le bruit d'un buisson déraciné. Les éléphants et les dinothères arrachaient parfois les buissons, mais d'ordinaire ils se déplaçaient aussi silencieusement que les félins.

Il y eut alors un son que Guetteur de Lune n'aurait pu identifier, car jamais nul ne l'avait entendu dans toute l'histoire du monde : le claquement du métal contre la pierre.

Et lorsque Guetteur de Lune entraîna la tribu vers le ruisseau dans la clarté du matin, il se trouva devant le Nouveau Rocher. Il avait presque oublié ses effrois de la nuit, car, après les premiers bruits, il ne s'était plus rien produit. Aussi n'associa-t-il même pas cette chose étrange avec le danger ou la peur. Après tout, il n'y avait en elle rien d'inquiétant. C'était un bloc rectangulaire, trois fois haut comme Guetteur de Lune mais assez étroit pour qu'il pût l'étreindre. Il était fait de quelque matériau absolument transparent et il n'était vraiment visible que lorsque le soleil luisait sur ses arêtes. Guetteur de Lune n'avait jamais vu de glace ni d'eau claire et il ne pouvait comparer la chose à aucun objet naturel. Elle était plutôt attirante et bien qu'il manifestât une sage méfiance envers tout ce qui était nouveau, il tendit la main et rencontra une surface froide et lisse. Après quelques minutes d'intense réflexion, il en arriva à une explication brillante : la chose était un rocher qui avait dû pousser pendant la nuit. Beaucoup de plantes apparaissaient ainsi, des choses blanches et charnues pareilles à des cailloux qui semblaient surgir du sol en l'espace d'une nuit. Bien sûr, elles étaient petites et rondes alors que cette chose était haute avec des arêtes aiguës mais, plus tard, des philosophes plus importants que Guetteur de Lune affronteraient d'aussi troublantes exceptions à leurs théories.

Ce remarquable exemple de réflexion abstraite conduisit Guetteur de Lune, après trois ou quatre minutes, à une déduction qu'il entreprit de vérifier sur-le-champ. Les choses-plantes blanches et rondes étaient bonnes à manger (quoique certaines d'entre elles fussent parfois la cause de douleurs violentes)... Cette nouvelle chose, peut-être ?...

Quand il l'eut léchée et mordillée plusieurs fois, Guetteur de Lune perdit ses illusions. Il n'y avait rien de comestible là-dedans. Aussi, en bon homme-singe, poursuivit-il sa route vers le ruisseau, oubliant complètement le monolithe de cristal tandis que, comme chaque jour, il hurlait après les Autres.

Ce fut une mauvaise journée. La tribu dut s'éloigner de plusieurs milles et l'une des femelles les plus frêles s'évanouit dans la terrible chaleur de midi, loin de tout refuge possible. Ses compagnons se rassemblèrent autour d'elle, gémissant et grognant en signe de sympathie mais sans pouvoir rien faire. S'ils avaient été moins épuisés, ils auraient pu l'emporter avec eux, mais ils n'avaient pas assez d'énergie pour de tels actes de bonté. Ils abandonnèrent la femelle à son sort. Lorsqu'ils repassèrent au même endroit, le soir, sur le chemin du retour, ils ne retrouvèrent pas un os.

Dans l'ultime clarté du jour, jetant des regards anxieux autour d'eux, ils burent en toute hâte et remontèrent vers les cavernes. Ils étaient encore à plus de cent mètres du Nouveau Rocher quand le son se fit entendre.

Il était à peine audible, mais ils se figèrent sur place, la mâchoire pendante. La vibration qui émanait du cristal se répétait sur un mode obsédant, hypnotisant tous ceux qui approchaient. Pour la première fois un son rythmé retentissait sur l'Afrique. Il ne s'en ferait plus entendre avant trois millions d'années.

La pulsation devint plus forte, plus insistante. Les hommes-singes se mirent en marche comme des somnambules. Parfois, ils esquissaient des pas de danse comme si leur sang répondait à des rythmes que leurs descendants ne créeraient pas avant bien des siècles. Subjugués, ils se regroupèrent autour du monolithe, oubliant les souffrances de la journée, les périls du crépuscule et la faim qui leur tenaillait le ventre.

Le battement se fit plus intense, la nuit plus dense. Et comme s'étendaient les ombres, comme refluait la lumière, le cristal se mit à luire.

Tout d'abord il perdit sa transparence et une luminescence pâle et laiteuse se diffusa à l'intérieur. Des formes fantomatiques, envoûtantes et floues jouèrent dans ses profondeurs et à sa surface. Elles se fondirent en barres de lumière et d'ombre avant de former des motifs enchevêtrés qui, lentement, commencèrent à tourner sur eux-mêmes.

Et, comme le rythme s'accélérait, les roues de lumière le suivirent, de plus en plus vite. Totalement hypnotisés, à présent, les hommes-singes assistaient bouche bée au stupéfiant ballet de lumières. Déjà, ils avaient oublié leur instinct et les leçons de toute une vie. Jamais un seul d'entre eux ne serait resté loin des cavernes à une heure aussi avancée. Dans les buissons alentour, les créatures de la nuit observaient, attendaient.

Les roues de lumière commençaient à se confondre et leurs rayons fusionnaient en raies lumineuses qui s'éloignaient lentement en tournant sur leur axe. Elles se séparaient, deux par deux, et les faisceaux de lignes qui se formaient alors commençaient à osciller tandis que se modifiait lentement leur angle d'intersection. De fantastiques formes géométriques naissaient et mouraient tandis que se formaient et se scindaient les scintillants réseaux sous le regard des hommes-singes fascinés, prisonniers du cristal de lumière.

Ils ne pouvaient savoir que leur esprit était sondé, leur corps examiné, leurs réactions étudiées et leur potentiel évalué. La tribu tout entière resta encore longtemps prostrée en un tableau immobile, comme pétrifiée. Puis l'homme-singe qui se trouvait le plus proche du monolithe reprit vie, soudain. Il ne changea pas de position, mais son corps perdit sa rigidité et s'anima comme une marionnette mue par des fils invisibles. La tête tourna de droite à gauche. La bouche s'ouvrit et se referma. Les mains se joignirent, s'ouvrirent. Puis il se pencha en avant, arracha un long brin d'herbe et essaya de former un nœud de ses doigts maladroits. On eût dit un être possédé luttant contre l'esprit ou le démon qui contrôlait son corps. Il avait du mal à respirer et ses yeux étaient pleins de terreur tandis qu'il s'efforçait de faire exécuter à ses doigts des gestes nouveaux. Mais il ne réussit qu'à briser le brin d'herbe et, comme les débris retombaient doucement vers le sol, la puissance qui le dominait reflua et, de nouveau, il fut immobile.

Un nouvel homme-singe s'éveilla et fit les mêmes gestes. Il était plus jeune, plus adaptable. Il réussit là où son aîné avait échoué. Sur la planète Terre, le premier nœud fut noué...

D'autres firent des choses bien plus étranges. Certains, tendant les mains, essayèrent de joindre les doigts. D'abord les yeux ouverts, puis avec un œil fermé. D'autres contemplèrent au sein du cristal des figures qui se divisaient sans cesse jusqu'à ce que les lignes se fondent en une brume grise. Et tous percevaient des sons isolés et purs, de différentes intensités, qui descendaient rapidement au-dessous du seuil d'audibilité.

Quand vint le tour de Guetteur de Lune, il ne

ressentit qu'une peur légère. Il était surtout contrarié de voir ses muscles et ses membres obéir à des ordres qui ne venaient pas de lui.

Sans savoir pourquoi, il se baissa et ramassa une petite pierre. En se redressant, il vit qu'une image nouvelle s'était formée dans le cristal. Les réseaux et les figures mouvantes avaient disparu, remplacés par une série de cercles concentriques entourant un petit disque noir.

Obéissant aux ordres silencieux qui parvenaient à son cerveau, il lança la pierre d'un geste maladroit et manqua la cible de plusieurs centimètres.

« Encore », fit la voix dans sa tête. Il chercha autour de lui, trouva une autre pierre, la lança. Le monolithe fit entendre un son cristallin.

Au quatrième essai, il ne manqua le disque noir au centre que de quelques centimètres. Une sensation de plaisir quasi sexuel envahit son esprit. Puis le contrôle se relâcha. Il ne ressentit plus aucune impulsion et se contenta de demeurer immobile et d'attendre.

L'un après l'autre, les membres de la tribu étaient possédés. Certains réussissaient, mais la plupart échouaient dans les tâches qui leur étaient assignées. Selon le cas, ils éprouvaient ensuite un spasme de plaisir ou de douleur.

A présent, une clarté uniforme avait envahi le grand bloc qui se détachait comme un rectangle de lumière sur le fond noir de la nuit. Les hommes-singes secouèrent la tête comme au sortir du sommeil et ils reprirent leur marche vers les cavernes sans jeter un regard en arrière ni s'interroger sur l'étrange lumière qui les guidait vers leurs demeures et, par-delà un avenir encore inconnu, vers les étoiles.

3

L'ACADEMIE

Quand ils ne furent plus soumis à l'influence du cristal, quand leurs corps eurent cessé de lui obéir, Guetteur de Lune et les siens ne gardèrent pas le moindre souvenir de ce qu'ils avaient vu. Le lendemain, en partant pour leur quête quotidienne de nourriture, ils passèrent à proximité sans réagir : il faisait désormais partie du décor de leur existence. Ils ne pouvaient espérer manger le cristal pas plus qu'ils ne risquaient d'être dévorés par lui. Donc, il était sans importance.

Au bord du ruisseau, les Autres se livrèrent à leurs habituelles démonstrations menaçantes. Leur chef, un homme-singe auquel il manquait une oreille et qui avait à peu près l'âge et la taille de Guetteur de Lune tout en étant plus faible, fit une rapide incursion sur le territoire de la tribu. Il poussa des hurlements en agitant les bras pour tenter d'effrayer l'adversaire et de démontrer son courage. Le ruisseau ne dépassait pas trente centimètres de profondeur mais, au fur et à mesure qu'il avançait, Une Oreille devenait moins sûr de lui. Il ne tarda pas à s'arrêter puis à rebrousser chemin avec une dignité outrée.

Il n'y eut plus d'autre changement dans la routine quotidienne. La tribu trouva juste assez de nourriture pour survivre jusqu'au lendemain, et personne ne mourut.

Cette nuit-là encore, le cristal les attendait, avec son aura de lumière et de sons. Le programme, pourtant, était cette fois subtilement différent.

Le cristal parut ignorer certains hommes-singes pour se concentrer sur les sujets les plus doués. Guetteur de Lune était l'un d'eux. A nouveau, il sentit les vrilles qui s'enfonçaient jusque dans les zones inconnues de son cerveau. Et il commença à voir des choses.

Ces choses pouvaient se trouver à l'intérieur du cristal aussi bien que dans son propre esprit. De toute façon, pour lui, elles étaient bien réelles. Et l'impulsion automatique qui, d'habitude, lui faisait rejeter tout intrus était en sommeil. Il contemplait une paisible scène de famille qui ne différait que par un détail de celles qu'il avait déjà eues sous les yeux. Le mâle, la femelle et les deux enfants mystérieusement apparus devant lui étaient gras et replets, avec des toisons lisses et brillantes. Cela indiquait des conditions d'existence que Guetteur de Lune n'aurait jamais pu imaginer. Inconsciemment, il évoqua ses côtes saillantes. Celles des créatures qu'il voyait étaient recouvertes de couches de graisse. De temps à autre, les créatures bougeaient paresseusement, étendues sur le seuil de leur caverne, visiblement en paix avec le monde. Le mâle émettait parfois un énorme rot de satisfaction.

C'était là la seule activité de ces créatures et, après cinq minutes, la scène s'évanouit. Le cristal ne fut plus qu'une forme lumineuse dans les ténèbres. Guetteur de Lune se secoua comme au sortir d'un rêve, prenant brusquement conscience de l'endroit où il se trouvait. Alors, il ramena la tribu aux cavernes.

Il ne se souvenait pas vraiment de ce qu'il avait vu, mais cette nuit-là, assis au seuil de son refuge, tandis qu'il guettait les bruits du monde alentour, il ressentit les premières et faibles atteintes d'une émotion nouvelle. C'était une sensation, vague et diffuse, d'envie, de frustration. Il n'avait pas la moindre idée de ce qui pouvait la causer, encore moins de ce qui pouvait la faire disparaître. Mais l'insatisfaction venait de pénétrer dans son esprit : il avait fait un pas de plus vers l'humanité.

Nuit après nuit, le spectacle des quatre hommes-singes replets se répéta jusqu'à devenir la cause d'une exaspération fascinée qui augmentait encore l'insatiable appétit de Guetteur de Lune. Le simple témoignage visuel n'aurait jamais suffi à produire cet effet et il fallait le renforcer au niveau psychologique. Désormais, il y avait dans l'existence de

Guetteur de Lune des failles dont il ne garderait pas trace, durant lesquelles les atomes même de son cerveau étaient rassemblés en des schémas nouveaux. S'il survivait, ces schémas deviendraient permanents car ses gènes les transmettraient alors aux générations futures.

Le processus était lent, pénible, mais le monolithe de cristal était patient. Pas plus lui que ses répliques disséminées sur une moitié du globe n'espéraient réussir avec tous les groupes soumis à l'expérience. Une centaine d'échecs ne serait que de peu d'importance puisqu'il suffisait d'une réussite pour changer le destin de la planète.

Lorsque la nouvelle lune revint, la tribu avait eu une naissance et deux morts. L'une des morts était due à la famine et l'autre s'était produite durant le rituel nocturne : un homme-singe s'était soudain effondré tandis qu'il essayait de frapper doucement deux fragments de pierre l'un contre l'autre. Aussitôt, le cristal s'était assombri et la tribu avait été libérée. Mais l'homme-singe ne s'était pas relevé. Au matin, bien sûr, il n'y avait plus rien.

La nuit suivante, il ne s'était rien passé. Le cristal était toujours occupé à analyser la faute qu'il avait commise. Dans le soir qui venait, la tribu passa à côté de lui en l'ignorant complètement. Le lendemain, il était à nouveau prêt.

Les quatre hommes-singes bien gras étaient toujours là et ils faisaient maintenant des choses extraordinaires. Guetteur de Lune fut pris d'un tremblement irrépressible et tenta de détourner les yeux. Mais l'inflexible contrôle mental ne se relâcha pas. Guetteur de Lune fut contraint de suivre la leçon jusqu'au bout, bien que tous ses instincts fussent à présent révoltés.

Ces instincts avaient bien servi ses ancêtres au temps des pluies tièdes et de la végétation abondante, lorsque la nourriture était partout. Maintenant, les temps avaient changé et la sagesse du passé était devenue folie. Les hommes-singes devaient s'adapter ou périr, tout comme les grands animaux qui les avaient précédés et dont les os appartenaient aux collines.

Et ainsi Guetteur de Lune dut regarder sans ciller le monolithe de cristal, le cerveau offert à ses manipulations encore incertaines. Souvent il éprouvait des nausées et constamment de la faim. Parfois, inconsciemment, ses mains se joignaient en un geste qui déterminait toute son existence à venir.

Les phacochères s'avançaient sur la piste, soufflant et grognant. Guetteur de Lune fit halte. Les hommes-singes et les phacochères s'étaient toujours ignorés, car il n'existait entre eux aucun conflit d'intérêts. Ils s'évitaient comme la plupart des animaux qui ne luttaient pas pour la même nourriture.

Pourtant, maintenant, Guetteur de Lune regardait les phacochères, hésitant et incertain sous les impulsions contraires qu'il ne pouvait comprendre. Puis, comme en un rêve, il se baissa jusqu'au sol et se mit à chercher. Quoi, il n'aurait su le dire, même s'il avait eu la possibilité de s'exprimer. Il saurait ce qu'il cherchait quand il le verrait. C'était une pierre lourde et pointue d'environ quinze centimètres de long. Elle ne s'adaptait pas parfaitement à la main mais elle ferait l'affaire. Comme il refermait les doigts sur elle et levait le bras, surpris de ce poids soudain, Guetteur de Lune éprouva une agréable sensation de puissance et d'autorité. Il s'avança vers le cochon le plus proche. C'était un animal jeune et folâtre. Il observait Guetteur de Lune du coin de l'œil et il ne le prit au sérieux que lorsqu'il fut trop tard. Comment aurait-il pu soupçonner le moindre danger de la part d'une créature aussi inoffensive ? Il continua de brouter jusqu'au moment où le marteau de pierre de Guetteur de Lune l'abattit, inconscient. Le reste du troupeau continua de paître paisiblement, car le meurtre avait été rapide et silencieux.

Les hommes-singes s'étaient arrêtés pour regarder et bientôt ils se rassemblèrent, émerveillés, autour de Guetteur de Lune et de sa victime. L'un d'eux s'empara de la pierre tachée de sang et se mit à frapper le phacochère abattu. D'autres l'imitèrent alors avec des bâtons et des pierres jusqu'à ce que le corps ne fût plus qu'une masse informe.

Puis ils se lassèrent. Certains s'éloignèrent tandis que d'autres demeuraient hésitants, autour du cadavre méconnaissable. L'avenir du monde dépendait de leur décision. Il s'écoula un long moment avant que l'une des femelles se mît à lécher la pierre souillée qu'elle tenait encore. Et il fallut plus longtemps encore avant que Guetteur de Lune, en dépit de tout ce qu'il avait pu voir, comprenne enfin que plus jamais il ne connaîtrait la faim.

4

LE LEOPARD

On leur avait donné le pouvoir d'utiliser des outils rudimentaires avec lesquels, pourtant, ils pouvaient transformer le monde et en devenir les maîtres. Le plus primitif des outils dont disposaient les hommes-singes était la simple pierre qui, tenue en main, multipliait la puissance du coup. Ensuite venait l'os, qui prolongeait le bras et que l'on pouvait utiliser pour se défendre contre les crocs et les griffes des animaux. Avec de telles armes, la nourriture qui habitait les savanes était à la portée des hommes-singes.

Mais ils avaient besoin d'autres alliés, car leurs dents et leurs ongles pouvaient à peine déchirer un lapin. Par chance, la Nature disposait de ces alliés. Il suffisait d'avoir l'idée de les utiliser.

D'abord le couteau, grossier mais efficace, d'un modèle qui servirait pendant les trois millions d'années à venir. C'était tout simplement la mâchoire inférieure de l'antilope, avec toutes ses dents. Il n'existerait rien de mieux avant l'apparition de l'acier. Les cornes de la gazelle fournirent la dague et n'importe quelle mâchoire de petit rongeur constituait un excellent outil de grattage.

La pierre, l'os, les dents, les cornes : telles étaient les inventions merveilleuses qui devaient permettre à l'homme-singe de survivre. Avant peu il reconnaîtrait en elles les symboles de puissance qu'elles étaient réellement, mais de longs mois devaient encore s'écouler avant que les doigts maladroits acquièrent l'habileté ou la volonté nécessaire. Peut-être, avec le temps, les hommes-singes auraient-ils d'eux-mêmes l'idée ingénieuse d'utiliser des armes naturelles comme outils artificiels, mais les pronostics n'étaient pas en leur faveur et, même à présent, il existait encore d'innombrables possibilités d'échec pour les âges à venir.

Ils avaient eu leur première chance. Ils n'en auraient pas d'autre. L'avenir était, à proprement parler, entre leurs mains.

Les lunaisons passèrent. Des bébés étaient nés et certains avaient survécu. Des vieillards trentenaires, affaiblis et édentés, étaient morts. La nuit, le léopard emportait sa proie. Le jour, les Autres se livraient à leurs manifestations menaçantes au bord du ruisseau — et la tribu prospérait. En une seule année, Guetteur de Lune et ses compagnons étaient devenus méconnaissables. Ils avaient bien appris leurs leçons et ils pouvaient maintenant se servir de tous les outils qui leur avaient été révélés. Le souvenir même de la faim quittait leur esprit. Si les phacochères commençaient à se montrer méfiants, il restait des gazelles, des antilopes et des zèbres par milliers dans la plaine. Tous ces animaux et bien d'autres étaient devenus autant de proies pour les nouveaux chasseurs.

Ils n'étaient plus à demi paralysés par la faim et ils avaient le temps de penser au plaisir et de se livrer à des ébauches de réflexion. Ils acceptaient normalement leur nouveau mode de vie et ne l'associaient en aucune façon avec le monolithe qui se dressait toujours au bord de la piste, près du ruisseau. A supposer qu'ils eussent réfléchi à ce problème, ils auraient prétendu avoir amélioré leur existence grâce à leurs propres efforts. En vérité, ils avaient déjà totalement oublié qu'il pût exister un autre mode de vie.

Mais il n'est pas de parfaite utopie et celle-ci avait deux failles. La première était le léopard dont la passion pour les hommes-singes semblait avoir encore grandi depuis qu'ils étaient bien nourris. La seconde était la tribu qui vivait de l'autre côté du ruisseau. En effet, les Autres avaient réussi à survivre, refusant obstinément de mourir de faim.

Le problème du léopard fut résolu à la fois par la chance et par une grave et presque fatale erreur de Guetteur de Lune. Pourtant, son idée initiale lui avait paru si brillante qu'il en avait dansé de joie.

On pouvait difficilement le blâmer de ne pas en avoir entrevu les conséquences.

La tribu connaissait encore parfois des jours difficiles, bien qu'elle ne fût plus jamais menacée dans son existence.

A l'approche du crépuscule, Guetteur de Lune et ses compagnons regagnaient les cavernes, las et mécontents, sans avoir réussi à tuer une proie. Et là, presque au seuil de leurs refuges, ils découvrirent un des rares cadeaux de la nature. Une antilope adulte était étendue sur la piste. Elle avait une patte avant cassée, mais il lui restait encore assez de combativité pour que les chacals qui rôdaient alentour se tiennent à l'écart de ses cornes acérées. Ils pouvaient attendre. Ils savaient que leur tour viendrait. Mais ils n'avaient pas tenu compte de la compétition et lorsque surgirent les hommes-singes, ils durent battre en retraite avec des grondements de rage. A leur tour, les hommes-singes entourèrent l'antilope, à distance respectueuse des redoutables cornes. Puis ils passèrent à l'attaque avec leurs pierres et leurs os.

Cette attaque n'était ni coordonnée ni efficace. Lorsqu'ils furent enfin venus à bout de la bête blessée, le jour avait presque disparu et les chacals retrouvaient tout leur courage. Guetteur de Lune, partagé entre la peur et la faim, comprit lentement que tous leurs efforts pouvaient s'avérer vains. Demeurer ici plus longtemps serait par trop dangereux. C'est alors qu'il se montra génial. Ce n'était certes ni la première ni la dernière fois. Dans un intense effort d'imagination, il vit l'antilope morte *dans la sécurité de sa caverne.* Et il se mit à la tirer vers la falaise. Les autres comprirent alors son intention et vinrent à son aide.

S'il avait prévu la difficulté de la tâche, il ne l'eût pas entreprise. Seules sa force et l'agilité héritée de ses ancêtres arboricoles lui permirent de hisser l'antilope sur la pente. Plusieurs fois, pleurant de rage, il fut sur le point d'abandonner sa proie, mais sa volonté était aussi profondément enracinée que sa faim et il continua.

Parfois, quand ils ne traînaient pas derrière lui, les autres l'aidaient, mais le plus souvent ils se mettaient sur son chemin. Finalement, le corps mutilé de l'antilope fut hissé jusqu'au seuil de la caverne alors que les ultimes reflets du jours s'effaçaient du ciel. Le festin put commencer.

Des heures après, repu, Guetteur de Lune s'éveilla. Sans savoir pourquoi, il s'assit dans l'obscurité au milieu des corps épars de ses compagnons gavés et tendit l'oreille.

Le monde entier semblait endormi. Il n'y avait d'autre bruit que la lourde respiration des autres. Les rochers, au-dehors, étaient comme des os pâles sous la lune brillante. Toute idée de danger semblait improbable. Et puis, de très loin, vint le bruit d'un caillou qui tombait. Effrayé mais intrigué, Guetteur de Lune rampa jusqu'au seuil et regarda vers le bas de la falaise. Ce qu'il vit le paralysa de terreur, à tel point que, durant plusieurs secondes, il fut incapable d'esquisser le moindre geste. A moins de dix mètres en contrebas, deux yeux d'or étaient fixés sur lui. Hypnotisé, Guetteur de Lune avait à peine conscience du grand corps souple et ocellé qui s'insinuait lentement, silencieusement, de rocher en rocher. Jamais le léopard ne s'était aventuré aussi haut dans la falaise. Il avait ignoré les plus basses des cavernes bien qu'il sentît leurs habitants. Il en voulait à une autre proie : il suivait la trace du sang sur le sol baigné de lune.

Quelques secondes après, des cris d'alarme s'élevèrent des premières cavernes. Le léopard, se rendant compte qu'il avait perdu l'avantage de la surprise, eut un feulement de colère. Mais il ne ralentit pas sa progression, car il savait qu'il n'avait rien à craindre.

Il atteignit le surplomb rocheux et s'arrêta un instant dans cet étroit espace. L'odeur du sang était partout, ici, et son esprit féroce et minuscule fut submergé par l'avidité. Sans hésiter, il s'avança silencieusement à l'intérieur de la caverne.

Et il commit sa première erreur. Les hommes-singes le virent se découper nettement sur le clair de lune, plus nettement qu'il ne pouvait les voir malgré ses yeux magnifiquement adaptés à la vision nocturne. Et si les hommes-singes étaient terrifiés, ils n'étaient pas complètement réduits à l'impuissance.

Grondant et agitant la queue avec une confiance arrogante, le léopard s'avança vers la tendre nourriture qu'il convoitait. Pour lui, il n'y aurait eu aucun problème s'il avait trouvé sa proie en terrain découvert mais, à présent que les hommes-singes étaient pris au piège, le désespoir leur donnait le courage de tenter l'impossible. Et pour la première fois, ils en avaient les moyens.

Le léopard comprit qu'il se passait quelque chose d'anormal lorsqu'il reçut un coup formidable sur le crâne. Il lança une patte en avant et entendit un cri aigu de souffrance lorsque ses griffes labourèrent une chair tendre. Puis il ressentit une douleur brûlante quand un objet pointu lui pénétra le flanc, une fois, deux fois, trois fois. Il pivota sur lui-même pour frapper ces ombres qui hurlaient et dansaient de toutes parts. Une fois encore, quelque chose le frappa violemment sur le museau. Ses dents happèrent une forme blanche, mouvante, et se refermèrent sur un os. C'est alors — ultime et incroyable affront — qu'on lui tira violemment la queue. Il se retourna, projetant l'audacieux agresseur contre la paroi, mais il ne put éviter la grêle de coups que lui infligeaient des mains maladroites et puissantes qui brandissaient autant d'armes grossières. Les rugissements du léopard exprimèrent toutes les émotions, de la douleur à la peur, de la peur à la terreur panique. Le chasseur implacable était devenu la proie et tentait désespérément de battre en retraite.

Et il commit sa seconde erreur. Surpris, terrifié, il avait oublié où il se trouvait, à moins que les coups qui pleuvaient sur sa tête ne l'eussent aveuglé, abasourdi. En tout cas, il jaillit à toute allure de la caverne. Il y eut un hurlement atroce lorsqu'il plongea dans le vide. Des siècles plus tard, semble-t-il, il y eut un bruit mat quand son corps s'écrasa sur une saillie à mi-pente. Et le ruissellement des cailloux s'éteignit bientôt dans la nuit.

Durant un long moment, intoxiqué par la victoire, Guetteur de Lune dansa et gronda à l'entrée de la caverne. Il sentait nettement que tout l'univers venait de changer, qu'il n'était plus une victime sans défense devant les forces qui l'environnaient. Puis il regagna l'intérieur et, pour la première fois de son existence, il dormit d'une traite.

Au matin, ils trouvèrent le corps du léopard. Il fallut un certain temps avant que quiconque osât s'approcher du monstre abattu mais, bientôt, chacun s'y attaqua avec les couteaux et les scies d'os. Ce fut un dur travail et, ce jour-là, ils ne chassèrent pas.

5

RENCONTRE A L'AUBE

Tandis qu'il emmenait sa tribu vers le ruisseau, dans la pâle lueur de l'aube, Guetteur de Lune s'arrêta, hésitant, en un endroit précis. Il sentait qu'il manquait quelque chose. Quoi, il ne pouvait s'en souvenir et il ne fit aucun effort mental pour essayer de résoudre ce problème car, ce matin-là, il avait en tête des choses bien plus importantes.

Tout comme le tonnerre, les éclairs, les nuages et les éclipses, le grand bloc de cristal avait disparu, mystérieusement. Il s'était évanoui dans le néant du passé et, dès lors, plus jamais il ne resurgit dans les pensées de Guetteur de Lune. Et jamais celui-ci ne saurait ce qu'il avait fait en lui. En se rassemblant autour de lui dans la brume du matin, aucun de ses compagnons ne se demanda pourquoi il s'était ainsi arrêté en chemin.

De l'autre côté du cours d'eau, bien à l'abri dans leur territoire inviolé, les Autres aperçurent Guetteur de Lune et la douzaine de mâles de sa tribu comme une mouvante frise sur le fond clair du ciel. Aussitôt, ils lancèrent leurs cris de défi, comme chaque jour. Mais cette fois il n'y eut aucune réponse.

D'une allure régulière, décidée, *en silence*, Guetteur de Lune et les siens descendaient du petit monticule qui surmontait le ruisseau et, tandis qu'ils s'approchaient, les Autres se turent soudain. Leur habituelle fureur s'effaça pour être remplacée par une crainte grandissante. Ils avaient vaguement conscience que quelque chose s'était produit et que la rencontre, aujourd'hui, ne ressemblait pas à celles qui l'avaient précédée. Ils ne s'inquiétaient pas des os et des cornes que tenaient Guetteur de Lune et les siens, car ils ignoraient tout de leur usage. Tout ce qu'ils savaient c'était que l'attitude de leurs rivaux était maintenant empreinte de détermination, de menace.

Le groupe s'arrêta au bord de l'eau et, pendant un instant, le courage des Autres leur revint. Sous la conduite d'Une Oreille ils reprirent tant bien que mal leur chant de bataille. Celui-ci ne dura que quelques secondes jusqu'à ce qu'une vision de terreur les clouât sur place.

Guetteur de Lune leva les bras, révélant ce qu'il tenait et qu'avaient dissimulé jusqu'à présent les corps velus de ses compagnons. C'était une branche et sur cette branche était empalée la tête du léopard. La gueule était maintenue ouverte par un bâton et les crocs immenses brillaient d'un éclat terrible dans les premiers rayons du soleil.

La plupart des Autres demeurèrent immobiles, figés de terreur, mais certains entamèrent une lente et hésitante retraite. C'était suffisant pour Guetteur de Lune. Brandissant le trophée au-dessus de sa tête, il se mit à traverser le ruisseau. Après un instant d'hésitation, ses compagnons sautèrent dans l'eau à sa suite.

Lorsqu'il atteignit la berge, il vit que Une Oreille n'avait toujours pas bougé. Il était sans doute trop courageux ou trop stupide pour fuir. A moins qu'il ne parvînt pas à croire vraiment à un tel outrage. Lâche ou héros, cela ne fit aucune différence quand la tête au rugissement figé s'abattit sur la sienne.

Hurlant d'effroi, les Autres se dispersèrent dans les buissons. Ils reviendraient pourtant, et ils oublieraient leur chef disparu.

Pendant quelques secondes encore, Guetteur de Lune demeura immobile au-dessus de sa victime, essayant d'admettre l'idée merveilleuse et étrange que le léopard mort pouvait tuer encore. A présent qu'il était maître du monde, il n'était pas sûr de ce qu'il devait faire ensuite.

Mais il lui viendrait bien une idée.

6

L'ASCENSION DE L'HOMME

Un nouvel animal était né et croissait lentement depuis le cœur de l'Afrique. Son espèce était encore si peu nombreuse qu'un recensement hâtif l'eût oubliée, entre les milliards de créatures qui s'ébattaient sur terre et dans les eaux. Et il n'était nullement évident qu'elle dût prospérer ou même survivre. Des espèces beaucoup plus puissantes avaient déjà disparu de ce monde et le sort de celle-ci était encore en équilibre instable.

Depuis des centaines de milliers d'années que les grands cristaux étaient descendus sur l'Afrique, les hommes-singes n'avaient rien inventé. Mais ils avaient commencé à se transformer et à développer certains talents dont les autres animaux étaient dépourvus. Leurs bâtons d'os avaient accru leur portée et multiplié leur force. Ils n'étaient plus impuissants face aux fauves qu'ils devaient combattre. Ils pouvaient tuer les plus petits des carnivores et au moins décourager les plus gros lorsqu'ils ne les obligeaient pas à fuir. Leurs dents massives devenaient plus petites depuis qu'elles n'étaient plus essentielles. Les pierres acérées qui pouvaient déterrer les racines, trancher la chair ou les fibres avaient commencé de les remplacer, avec des conséquences encore inappréciables. Jamais plus les hommes ne seraient condamnés à la famine par suite de l'usure ou de la défaillance de leurs dents. Les plus grossiers des outils leur donnaient quelques années de plus à vivre. Et tandis que leurs crocs diminuaient, la forme de leur visage s'altérait. Le groin s'effaçait et la mâchoire massive s'affinait. La bouche devenait capable de produire des sons plus subtils. Le langage était encore à un million d'années de là, mais il s'ébauchait.

C'est alors que le monde se mit à changer. Les âges de glace vinrent, comme deux grandes vagues dont les crêtes étaient séparées par cent mille années. Loin des tropiques, les glaciers balayèrent ceux qui avaient prématurément abandonné les demeures ancestrales. Partout sur la Terre ils effaçaient les créatures qui n'avaient pu s'adapter.

Avec les glaciations disparut la plus grande partie des premiers habitants du monde, y compris les hommes-singes. Mais, à la différence de tant d'autres créatures, ils avaient laissé une descendance. Ils ne s'étaient pas éteints mais transformés. Ils avaient été refaçonnés par les outils qu'ils avaient créés. En se servant de bâtons et de silex, leurs mains avaient acquis une dextérité que ne possédait aucun autre animal, une dextérité qui leur permettait d'améliorer sans cesse leurs outils et, par-là, de développer leurs membres et leur esprit. C'était un processus cumulatif qui allait s'accélérant avec, à son terme, l'Homme.

Ces premiers hommes véritables possédaient des outils et des armes à peine meilleurs que ceux de leurs ancêtres, un million d'années auparavant, mais ils s'en servaient beaucoup plus adroitement. Et, quelque part dans la pénombre des siècles écoulés, ils avaient inventé l'instrument essentiel, que l'on ne pouvait ni voir ni toucher : la parole. Ainsi, ils avaient remporté leur première grande victoire sur le Temps. Désormais, la connaissance d'une génération pourrait être transmise à la suivante et chaque âge profiterait de tous ceux qui l'avaient précédé. Contrairement aux animaux, qui ne connaissaient que le présent, l'Homme avait conquis le passé et il commençait à ramper vers l'avenir.

Il apprenait également à dompter les forces naturelles. En domestiquant le feu, il avait posé les bases de la technologie et laissé loin derrière lui ses origines animales. La pierre amena le bronze, puis le fer. La chasse fut supplantée par l'agriculture. La tribu habita le village qui devint ville. Le langage se fit éternel grâce à certains signes dans la pierre, l'argile, le papyrus. L'homme inventa la philosophie, la religion. Et il peupla le ciel de dieux, pas tout à fait au hasard.

Tandis que son corps devenait plus fragile, ses armes se faisaient plus effrayantes. Avec la pierre, le bronze et le fer, il possédait le pouvoir de percer et de trancher. Très vite, il apprit à abattre ses victimes à distance. La lance, l'arc, le fusil et finalement le missile téléguidé lui assurèrent des moyens de défense d'une portée illimitée et d'une puissance quasi infinie.

Sans ces armes, bien que parfois il les eût utilisées contre lui-même, l'Homme n'aurait pu conquérir sa planète. En elles, il avait mis son corps et son âme et, durant des siècles, elles l'avaient bien servi.

Mais à présent, tant qu'elles existeraient, son temps serait compté.

DEUXIÈME PARTIE

AMT — 1

7

VOL SPECIAL

L'habitude n'y faisait rien, songeait le Dr Heywood Floyd, le fait de quitter la Terre était toujours aussi excitant. Il avait été une fois sur Mars, trois fois sur la Lune et si souvent jusqu'aux diverses stations spatiales qu'il ne pouvait pas en faire le compte. Pourtant, comme le moment du départ approchait, il prenait conscience de la tension qui montait en lui. C'était une impression d'émerveillement, une sensation de... oui, de nervosité, qui le mettait sur le même pied que n'importe quel Terrien sur le point de recevoir le baptême spatial.

Le *jet* qui l'avait amené de Washington après son entrevue avec le Président, à minuit, descendait maintenant vers l'un des sites les plus familiers et les plus fascinants du monde. Là, sur vingt milles de côte de Floride, les deux premières générations de l'Age Spatial cohabitaient. Vers le Sud, des feux rouges clignotaient, dessinant les portiques géants des *Saturne* et *Neptune* qui avaient emporté les hommes sur le chemin des planètes et qui, maintenant, étaient entrées dans l'Histoire. Au bord de l'horizon, une tour argentée scintillait dans les projecteurs : la dernière *Saturne V*, monument national et lieu de pèlerinage depuis vingt ans. Non loin, se détachant sur le ciel comme une montagne artificielle, se dressait la masse formidable du Bâtiment d'Assemblage, la plus vaste construction existant sur Terre.

Mais tout cela, désormais, appartenait au passé, et le Dr Heywood Floyd allait vers l'avenir. Comme l'avion descendait encore, il découvrit une mosaïque de bâtiments, une large piste, puis une cicatrice toute droite au milieu du paysage : les rails multiples d'une rampe de lancement géante. A son extrémité, entouré de véhicules et de portiques, un astronef était prêt à bondir vers les étoiles. Il scintillait dans la lumière, et la rapide descente vers le sol suscitant soudain une modification de perspective, Floyd eut l'impression de contempler un petit papillon d'acier pris dans le faisceau d'une torche électrique. Puis les minuscules silhouettes qui se hâtaient au sol lui firent à nouveau apparaître les véritables dimensions de l'engin. Il devait bien mesurer soixante mètres au niveau de ses ailerons en V. Floyd songea avec incrédulité et un rien de fierté que cet énorme véhicule spatial l'attendait, *lui*. A sa connaissance, c'était bien la première fois qu'unc mission complète était mise sur pied pour conduire un seul homme sur la Lune.

Il était deux heures du matin, pourtant un groupe de journalistes et de photographes l'intercepta sur le chemin de l'*Orion III*. Il connaissait certains d'entre eux de vue car, en tant que Président du Conseil National d'Astronautique, les conférences de presse lui incombaient. Mais ce n'était ni le lieu ni l'heure pour en improviser une et il n'avait rien à leur déclarer. Cependant, il était important de ne jamais offenser les responsables des media.

— Docteur Floyd ? Jim Forster, de l'Associated News. Pouvez-vous nous dire quelques mots à propos de votre voyage ?

— Désolé... Je n'ai vraiment rien à déclarer.

— Vous avez pourtant rencontré le Président cette nuit ? lança une voix familière.

— Oh !... salut, Mike. Je crains que l'on ne vous ait tiré du lit pour rien. Je n'ai aucun commentaire à faire.

— Pouvez-vous au moins nous confirmer ou non qu'une épidémie a éclaté sur la Lune ? demanda un reporter de la TV en réussissant à se déplacer sans cesser de tenir Floyd dans le viseur de sa caméra miniature.

— Désolé. Je ne peux pas.

— Et la quarantaine ? demanda un autre reporter. Combien de temps va-t-elle encore durer ?

— Je n'ai rien à dire.

— Docteur Floyd, demanda une jeune demoiselle petite et décidée, quelle justification peut-on fournir à ce black-out total des informations concernant la Lune ? Cela a-t-il quelque rapport avec la situation politique actuelle ?

— *Quelle* situation politique ?

Il y eut quelques rires et quelqu'un lança : « Bon voyage, docteur ! » au moment où il pénétrait dans le sanctuaire du bureau d'embarquement.

La « situation politique », aussi loin qu'il se souvînt, avait toujours été proche d'une crise permanente. Depuis les années 70, le monde était dominé par deux problèmes qui, ironiquement, tendaient à s'annuler mutuellement.

Bien que le contrôle des naissances se fût avéré sûr et économique et qu'il eût été admis par les grandes religions, il était venu trop tard : la population mondiale atteignait maintenant six milliards, dont un tiers dans l'Empire chinois. Certains gouvernements autoritaires avaient voté des lois limitant la famille à deux enfants, mais leur application s'était révélée impossible.

Le résultat était maintenant que la nourriture manquait dans tous les pays. Les Etats-Unis eux-mêmes connaissaient des jours maigres, et l'on prévoyait la famine générale d'ici quinze ans, en dépit des efforts qui avaient été accomplis pour coloniser la mer et développer les aliments de synthèse.

Plus que jamais la coopération internationale était nécessaire, mais les frontières étaient toujours aussi nombreuses que par le passé. En un million d'années, la race humaine avait perdu bien peu de son agressivité. A travers les lignes de partage symboliques qui n'étaient évidentes que pour les politiciens, les trente-huit puissances nucléaires s'observaient avec méfiance. Elles possédaient en commun assez de mégatonnes pour faire sauter la planète. Par miracle, nul n'avait encore déclenché le conflit, mais la situation ne pourrait se prolonger indéfiniment. Les Chinois, pour des raisons mystérieuses, venaient de mettre à la disposition des pays encore démunis une puissance de cinquante ogives nucléaires avec leurs vecteurs. Le prix en était de 200 millions de dollars et des facilités de paiement étaient offertes.

Peut-être, ainsi que l'avaient suggéré certains observateurs, essayaient-ils de renflouer leur économie défaillante en faisant rentrer des devises. A moins qu'ils n'aient découvert des armes si perfectionnées qu'elles renvoyaient toutes les autres au rang de simples joujoux. On parlait de radiohypnose à partir de satellites, de virus, de chantage grâce à quelque fléau de synthèse dont les Chinois seraient seuls à posséder l'antidote. Ces idées charmantes appartenaient très certainement à l'arsenal de la propagande de pure imagination, mais on ne pouvait raisonnablement les écarter toutes. Chaque fois qu'il quittait la Terre, Floyd se demandait si elle serait encore là à son retour.

L'hôtesse impeccable l'accueillit à l'entrée de la cabine.

— Bonjour, docteur Floyd. Je suis miss Simmons. Je vous souhaite la bienvenue à bord de la part du capitaine Tynes et de notre copilote, le premier officier Ballard.

— Merci, répondit Floyd en souriant, tout en se demandant pourquoi les hôtesses avaient toujours une voix de robot.

— Départ dans cinq minutes, reprit miss Simmons en désignant la lignée des vingt sièges vides. Choisissez votre place, docteur. Le capitaine Tynes vous recommande le hublot bâbord avant, si vous désirez suivre les opérations de départ.

— D'accord, fit-il en se dirigeant vers le siège indiqué.

L'hôtesse s'occupa encore de lui pendant quelques instants, puis elle se dirigea vers son habitacle, au fond de la cabine.

Floyd s'ajusta dans son siège et boucla le harnais de sécurité autour de sa taille et de ses épaules. Puis il plaça sa serviette sur le siège voisin et l'attacha. Un instant plus tard, la voix de miss Simmons se fit entendre dans le haut-parleur :

— Vol spécial 3 de Kennedy à station spatiale N° 1.

Il était évident qu'elle était tout à fait décidée

à se conformer à la routine pour le bénéfice de son seul et unique passager et, comme elle poursuivait inexorablement, Floyd ne put s'empêcher de sourire.

— Notre voyage durera cinquante-cinq minutes. L'accélération maximale atteindra 2 *g* et nous serons en apesanteur durant trente minutes. Veuillez ne pas quitter votre siège jusqu'à l'apparition du signal de sécurité.

Floyd tourna la tête et dit « merci ». Ce qui lui valut un sourire charmant et quelque peu embarrassé.

Il se laissa aller dans son fauteuil et se détendit. Il songea que ce voyage allait coûter environ un million de dollars d'impôts. S'il n'était pas justifié, il perdrait son emploi. Mais il aurait toujours la possibilité de retourner à l'université et à ses recherches interrompues sur la formation des planètes.

— Compte à rebours automatique, dit la voix du capitaine sur le ton chantant des opérations de routine.

— Décollage dans une minute.

Comme d'habitude, cela parut durer plus d'une heure. Floyd prit conscience des forces colossales qui l'entouraient, attendant d'être libérées. L'énergie d'une bombe atomique était déversée dans les réservoirs de l'astronef et dans la rampe de lancement. Et cela suffirait à l'envoyer à deux cent mille milles de la Terre.

Le *cinq, quatre, trois, deux, un* des jours anciens, si éprouvant pour les nerfs, avait été supprimé.

— Décollage dans quinze secondes. Vous serez plus à l'aise si vous commencez à respirer profondément.

C'était de l'excellente psychologie et de l'excellente physiologie, tout aussi bien. Floyd se sentait empli d'oxygène, prêt à tout affronter lorsque la rampe de lancement expédia les mille tonnes de l'astronef au-dessus de l'Atlantique.

Il eût été difficile de dire à quel moment l'engin quitta la rampe mais, quand le grondement des fusées se fit soudain deux fois plus puissant et que Floyd sentit qu'il s'enfonçait de plus en plus dans son siège, il sut que les moteurs du premier étage venaient d'entrer en action. Il eût aimé regarder par le hublot mais il ne parvenait pas à bouger la tête. Pourtant, il n'éprouvait aucun malaise. La pression et le grondement des moteurs finissaient par engendrer une espèce d'euphorie extraordinaire. Les oreilles bourdonnantes, le sang battant dans ses veines, Floyd se sentait plus vivant que jamais, plus jeune. Il avait envie de chanter et il pouvait sans doute se le permettre puisque nul ne pouvait l'entendre.

Cette impression disparut rapidement et il se prit soudain à songer qu'il quittait la Terre et tout ce qu'il avait jamais aimé. Là, tout en bas, il y avait ses trois enfants qui n'avaient plus de mère depuis ce fatal voyage en Europe, dix ans auparavant. (*Dix ans ?* Impossible... Pourtant...) Il aurait dû sans doute se remarier, rien que pour eux...

Il avait presque perdu le sens du temps lorsque la pression et le bruit disparurent soudain. Le haut-parleur annonça :

— Attention à la séparation du premier étage !

Il y eut une légère vibration et Floyd, tout à coup, se souvint d'une citation de Léonard de Vinci qu'il avait lue une fois dans un bureau de la NASA :

Le Grand Oiseau prendra son vol
depuis le dos du grand oiseau
ramenant la gloire
au nid originel.

Eh bien, le Grand Oiseau volait, maintenant. Il dépassait les rêves de Léonard de Vinci et son compagnon épuisé revenait vers la Terre. Glissant au long d'un arc de dix mille milles, le premier étage regagnait l'atmosphère, retournant vers Cap Kennedy. D'ici quelques heures, vérifié et ravitaillé, il serait de nouveau prêt à emmener un autre compagnon vers les solitudes scintillantes que jamais il n'atteindrait.

Nous voici livrés à nous-mêmes, songea Floyd. Plus de la moitié du chemin était faite. L'accélération se manifesta de nouveau, mais plus légèrement, quand les fusées supérieures se déclenchèrent. Cela dépassait à peine la gravité normale. Mais il eût été impossible de marcher puisque le « haut » était constitué par le devant de la cabine. Si Floyd avait été assez stupide pour quitter son siège, il se serait écrasé sur la paroi opposée. C'était quelque peu déconcertant car on avait l'impression que le vaisseau était dressé sur sa queue. Floyd se trouvait sur l'avant et les autres sièges lui apparaissaient comme fixés à un mur qui plongeait verticalement sous lui. Il fit de son mieux pour ignorer cette pénible illusion jusqu'au moment où l'aube se leva au-dehors.

En quelques secondes ils traversèrent des voiles écarlates, roses, dorés et bleus et surgirent dans l'éclatante blancheur du jour. En dépit du verre teinté des hublots, Floyd demeura pendant plusieurs minutes à demi aveuglé par les rayons du soleil qui se déplaçaient lentement dans la cabine. Bien qu'il fût en plein espace, il n'était pas question de pouvoir contempler les étoiles.

Il mit ses mains devant ses yeux et risqua un regard jusqu'au hublot. Au-dehors, un aileron brillait, comme chauffé à blanc dans l'éclat du soleil. Alentour, tout était obscur et cette obscurité était très certainement emplie d'étoiles qu'il était impossible de voir.

Le poids diminuait lentement. Les fusées s'éteignaient progressivement tandis que l'astronef se plaçait sur son orbite. Le tonnerre des moteurs devint un grondement étouffé, puis un timide sifflement qui fit place au silence. S'il n'avait pas été retenu par son harnais, Floyd aurait flotté hors de son siège. Son estomac, en tout cas, semblait bien vouloir prendre ce chemin. Il fit le souhait que les pilules qu'on lui avait données une demi-heure et dix mille milles auparavant fissent leur effet. Il avait eu le mal de l'espace une seule fois dans sa carrière et ç'avait été une fois de trop.

La voix du pilote se fit entendre, ferme et confiante :

— Veuillez observer les prescriptions zéro *g*. Nous aborderons la station N° 1 dans quarante-cinq minutes.

L'hôtesse s'approcha dans l'étroit couloir, à droite des rangées de sièges. Une lourdeur à peine perceptible marquait ses pas. Ses sandales semblaient s'arracher difficilement au sol, comme si elles étaient enduites de colle. Elle se tenait sur le ruban de velcro jaune qui allait d'une extrémité à l'autre de la cabine et du plafond. Le ruban, tout comme les semelles de ses sandales, était recouvert de myriades de crochets minuscules adhérant les uns aux autres. Le fait de pouvoir marcher ainsi en apesanteur était extraordinairement rassurant pour les passagers désorientés.

— Désirez-vous du thé ou du café, docteur ?

— Non merci.

Il sourit. Ces tubes de plastique que l'on devait

téter lui donnaient toujours l'impression d'être redevenu un bébé.

L'hôtesse tournait autour de lui tandis qu'il ouvrait sa serviette et mettait de l'ordre dans ses papiers.

— Docteur Floyd, puis-je vous poser une question ?

— Mais certainement.

Il regarda par-dessus ses lunettes.

— Mon fiancé est géologue à Clavius, dit miss Simmons en choisissant soigneusement ses mots. Je suis sans nouvelles de lui depuis une semaine.

— J'en suis navré. Mais peut-être n'est-il pas à la base même ? Il est possible qu'on ne puisse entrer en contact avec lui pour l'instant.

Elle secoua la tête :

— Il m'avertit toujours en pareil cas. Vous comprenez sûrement que je me fais du souci, avec tous ces bruits qui courent. Est-ce vrai ce que l'on dit, qu'il y aurait une épidémie sur la Lune ?

— Si c'est le cas, il n'y a aucune raison de s'inquiéter. Souvenez-vous de cette quarantaine, en 98, à cause du virus de la grippe qui avait muté. Il y a eu beaucoup de malades mais personne n'est mort. C'est tout ce que je puis vous dire.

Il avait conclu d'un ton ferme. Miss Simmons se redressa en souriant.

— Je vous remercie, docteur. Excusez-moi de vous avoir dérangé.

— Mais pas du tout, fit-il galamment mais sans conviction.

Puis il essaya, en un ultime effort, de se plonger dans la masse des documents et rapports techniques. Sur la Lune, il n'aurait certainement pas le temps de lire.

8

RENDEZ-VOUS ORBITAL

Une demi-heure plus tard, le pilote annonça :

— Contact dans dix minutes. Veuillez vérifier votre harnachement.

Floyd obéit instantanément et rangea ses papiers. C'était courir au-devant des ennuis que de chercher à lire pendant le numéro d'acrobatie céleste que constituaient les trois cents derniers milles du voyage. Mieux valait fermer les yeux et se détendre tandis que l'astronef était secoué d'avant en arrière par les brèves impulsions de ses fusées.

Quelques minutes plus tard, Floyd eut une première vision de la station N° 1. L'immense roue de trois cents mètres de diamètre scintillait dans le soleil. Elle n'était plus qu'à quelques milles. Non loin, dérivant sur la même orbite, Floyd aperçut une navette *Titov-V* et la silhouette presque sphérique d'un *Arès-1 B*, le cheval de labour de l'espace, avec ses quatre supports trapus destinés à amortir le choc de l'arrivée sur la Lune.

Au moment où le *Orion III* abordait la station, la Terre apparut. Ils en étaient maintenant à 200 milles et Floyd découvrit une bonne partie de l'Afrique et de l'océan Atlantique. Entre les masses de nuages, il parvint à repérer le tracé bleu-vert de la côte du Ghâna.

L'axe central de la station, ses bras d'amarrage déployés, dérivait lentement vers eux. Contrairement à l'ensemble de la construction, il ne tournait pas, ou plutôt, il tournait en sens inverse, à une allure qui contrebalançait exactement le mouvement de la station. Ainsi les vaisseaux pouvaient aborder pour débarquer passagers et matériel sans craindre d'être entraînés dans la rotation.

Avec un choc à peine perceptible, l'astronef et la station entrèrent en contact. A l'extérieur, il y eut des bruits métalliques, des grincements, puis un bref sifflement quand les pressions des deux atmosphères s'égalisèrent. Quelques secondes après, le sas s'ouvrit et un homme pénétra dans la cabine. Il portait les pantalons étroits et la chemisette qui étaient l'uniforme du personnel de la station.

— Heureux de vous rencontrer, docteur Floyd. Je suis Nick Miller, du service de sécurité. Je dois veiller sur vous jusqu'à l'heure de votre correspondance.

Ils se serrèrent la main. Floyd adressa un sourire à l'hôtesse :

— Transmettez mes salutations au capitaine Tynes et remerciez-le pour la balade. Nous nous reverrons peut-être au retour.

Il se hissa jusqu'au sas, puis, de là, passa dans la vaste chambre circulaire qui correspondait au moyeu de la station. Il se déplaçait avec précaution : il y avait plus d'un an qu'il ne s'était pas trouvé en apesanteur. La chambre était rembourrée et ses parois étaient garnies de poignées. Floyd s'agrippa fermement quand elle se mit à tourner pour se synchroniser avec la station. La vitesse augmenta peu à peu et il ressentit la pesanteur qui commençait à s'exercer, comme autant de doigts invisibles qui l'attiraient doucement vers la paroi. Il finit par se retrouver debout, oscillant légèrement comme une algue dans le courant. La paroi, comme par magie, était maintenant devenue le sol. La force centrifuge de la station les avait capturés. Elle était cependant encore très faible, si près du centre, mais elle augmenterait au fur et à mesure qu'ils s'en éloigneraient.

Floyd suivit Miller au long d'un escalier incurvé. Tout d'abord, son poids fut si faible qu'il dut pratiquement se haler vers le bas en s'aidant de la rampe. Ce ne fut que lorsqu'ils eurent atteint le salon des passagers, sur la paroi externe de l'immense roue, qu'il put se déplacer normalement.

Depuis sa dernière visite, le salon avait été refait et de nouveaux aménagements avaient été ajoutés. En plus des tables, des fauteuils, du restaurant et de la poste, il y avait à présent un coiffeur, un drugstore, un cinéma et une boutique de souvenirs où l'on trouvait des photos et des diapositives de paysages lunaires ainsi que des fragments garantis authentiques de *Luniks, Rangers* et autres *Surveyors* inclus sous plastique, vendus à des prix exorbitants.

— Voulez-vous prendre quelque chose ? demanda Miller. Nous ne monterons à bord que d'ici une demi-heure.

— Une tasse de café. Avec deux sucres. J'aimerais également appeler la Terre.

— Très bien, docteur. Je m'occupe du café. Les cabines sont de ce côté.

Les cabines d'appel ne se trouvaient qu'à quelques mètres d'une barrière où deux entrées annonçaient :

BIENVENUE DANS LE SECTEUR AMERICAIN
BIENVENUE DANS LE SECTEUR SOVIETIQUE.

Au-dessous on pouvait lire en anglais, russe, chinois, français, allemand et espagnol :

VEUILLEZ PREPARER VOS
Passeport
Visa
Certificat médical
Permis de transport
Déclaration de poids

Il était permis de voir un plaisant symbole dans le fait que les passagers étaient parfaitement libres de se mêler à nouveau une fois les portes franchies. La division n'existait que pour des motifs purement administratifs.

Floyd, après avoir vérifié que le numéro d'appel des Etats-Unis était bien toujours 81, composa les vingt chiffres de son numéro personnel, glissa sa carte de crédit universelle dans la fente de paiement et obtint sa communication en trente secondes.

Washington dormait encore. L'aube ne se lèverait pas avant plusieurs heures. Mais Floyd ne dérangerait personne. La gouvernante trouverait le message enregistré à son réveil.

« Miss Flemming, ici le Dr Floyd. Excusez-moi d'être parti aussi vite. Voudriez-vous appeler mon bureau et demander que l'on récupère la voiture ? Elle se trouve au Dulles Airport, et c'est Mr Bailey, officier supérieur du contrôle, qui en détient la clé. Ensuite, j'aimerais que vous appeliez le *Chevy Chase Country Club* et que vous laissiez un message pour la secrétaire. Je ne pourrai pas participer au tournoi de tennis du prochain week-end. Transmettez-leur mes excuses. Je crois qu'ils comptaient sur moi. Ensuite, appelez les Dowtown Electronics et dites-leur que si la vidéo n'est pas réparée avant... disons mercredi, ils n'ont qu'à la reprendre. »

Il s'interrompit et essaya de récapituler tous les problèmes qui pouvaient surgir dans les prochains jours.

« Si vous manquez d'argent liquide, appelez le bureau. Ils peuvent me transmettre les messages urgents mais il est possible que je sois trop occupé pour y répondre. Embrassez les enfants et dites-leur que je vais revenir très vite. Oh ! bon sang ! voilà quelqu'un que je ne veux pas voir. Je vous rappellerai de la Lune si j'en ai le temps. Au revoir, miss Flemming. »

Il tenta de s'échapper, mais il était trop tard : on l'avait déjà repéré. Le Dr Dimitri Moisevitch, de l'Académie des Sciences d'U.R.S.S., arrivait de la section soviétique. C'était l'un des meilleurs amis de Floyd, et la dernière personne qu'il eût voulu rencontrer en un tel endroit et en un tel moment.

9

NAVETTE POUR LA LUNE

L'astronome russe était grand, maigre et blond. Son visage sans la moindre ride ne pouvait révéler ses cinquante-cinq ans, dont dix passés à construire l'observatoire radio-téléscopique géant sur l'autre face de la Lune que deux mille milles de roc abritaient des parasites terrestres.

— Heywood ! Que l'univers est petit ! Comment allez-vous ? Et vos enfants ?

— Ça va, répondit aimablement Floyd, avec cependant une expression un rien absente. Nous parlons souvent des bons moments que nous avons passés ensemble l'été dernier.

Il était désolé de ne pouvoir être plus sincère. Cette semaine de vacances à Odessa, en compagnie de Dimitri, avait été vraiment agréable.

— Et vous... enfin, je pense que vous allez là-bas ? demanda Dimitri.

— Euh, oui... Je repars dans une demi-heure. Connaissez-vous Mr Miller ?

L'officier de sécurité s'était approché tout en se tenant à distance respectueuse avec une tasse de café.

— Bien sûr. Mais posez donc cette tasse, Mr Miller. Le docteur a une dernière chance de prendre une boisson civilisée, ne la gâchons pas. Non, vraiment... j'insiste.

Ils suivirent Dimitri jusqu'à la galerie d'observation et se retrouvèrent bientôt assis, à une table, face au panorama mouvant des étoiles. La station N° 1 accomplissait un tour par minute et la force centrifuge ainsi créée équivalait à la pesanteur lunaire. On avait pensé que c'était là un compromis satisfaisant entre la pesanteur terrestre et l'apesanteur totale. De plus, cela permettait aux passagers en transit pour la Lune de s'accoutumer.

La Terre et les étoiles défilaient en silence au-delà des baies. Cette partie de la station était actuellement à l'opposé du soleil, autrement il eût été impossible de lever les yeux. La Terre elle-même, qui occupait une moitié du ciel, noyait dans son éclat les étoiles les plus brillantes. Mais déjà elle s'estompait tandis que la station se dirigeait vers sa face nocturne. D'ici quelques minutes, elle ne serait plus qu'un vaste disque noir constellé des lueurs des cités. Et le ciel appartiendrait aux seules étoiles.

Dimitri, ayant prestement absorbé son premier verre, attaquait déjà le second.

— Dites-moi, que signifie toute cette histoire à propos d'une épidémie dans le secteur américain ? Je voulais me rendre là-bas par le même vol que vous et je me suis entendu répondre : « Non, professeur. Nous sommes désolés, mais la quarantaine a été décidée jusqu'à nouvel ordre. » J'ai tiré toutes les sonnettes possibles sans résultat. Alors je compte sur vous, Heywood, pour me dire ce qu'il en est réellement.

Floyd eut un grognement intérieur. Nous y voilà, se dit-il. Je serais beaucoup mieux à bord de la navette, en route vers la Lune.

— Cette... euh... quarantaine, est une simple mesure de sécurité, dit-il prudemment. Nous ne sommes même pas certains qu'elle soit nécessaire mais nous préférons prendre nos précautions.

— Mais de quelle maladie s'agit-il ? Quels sont les symptômes ? insista Moisevitch. Cela pourrait-il être d'origine extra-terrestre ? Voulez-vous que nos services médicaux vous aident ?

— Désolé, Dimitri, mais on m'a demandé de ne rien dire pour l'instant. Je vous remercie de votre offre, mais je crois que nous pourrons nous en tirer nous-mêmes.

— Hmm... Il me paraît étrange que l'on vous envoie, vous, astronome, pour une épidémie.

— *Ex-astronome.* Il y a des années que je travaille à la recherche, Dimitri. On me considère à présent comme un expert scientifique, ce qui signifie que je peux m'occuper *de tout.*

— Alors vous savez ce que signifie AMT-1 ?

Miller faillit s'étouffer, mais Floyd était plus solide. Il regarda son vieil ami dans les yeux et dit calmement :

— AMT-1 ? Quelle drôle de dénomination. Où avez-vous entendu parler de cela ?

— Ça va, Heywood, vous ne me tromperez pas. Mais si jamais vous vous trouvez devant quelque chose de trop fort, je souhaite que vous n'attendiez pas qu'il soit trop tard pour appeler à l'aide.

Miller regarda ostensiblement sa montre.

— Embarquement dans cinq minutes, docteur. Je crois que nous ferions bien d'y aller.

Bien qu'il sût parfaitement qu'il leur restait encore au moins une demi-heure, Floyd se leva en hâte. Trop vite, car il avait oublié la pesanteur réelle. Il dut s'agripper à la table pour ne pas s'envoler.

— J'ai été très heureux de vous rencontrer, Dimitri, fit-il sans trop de conviction. Bon voyage de retour. Je vous appellerai à mon arrivée.

Comme ils franchissaient le contrôle américain, Floyd remarqua à l'adresse de Miller :

— Eh bien, j'ai eu chaud. Merci d'être venu à mon aide.

— Vous savez, docteur, dit l'officier de sécurité, j'espère qu'il se trompe.

— A propos de quoi ?

— Du fait que nous risquons de nous trouver devant quelque chose de trop fort pour nous.

— Ça, dit Floyd d'un air déterminé, c'est bien ce que j'ai l'intention de découvrir.

Quarante-cinq minutes plus tard, le vaisseau lunaire *Arès-1 B* quittait la station. Il n'y eut pas le déchaînement de puissance et de bruit qui accompagnait les départs depuis la Terre mais un simple sifflement presque inaudible au moment où les moteurs à plasma déversèrent dans l'espace leur faible courant électrifié. La poussée se poursuivit durant un quart d'heure et l'accélération était si timide qu'elle n'empêchait nullement de se déplacer dans la cabine. Lorsqu'elle prit fin, pourtant, le vaisseau n'avait plus aucun lien avec la Terre. En s'éloignant de la station, il s'était libéré de l'emprise de la gravité et il constituait à présent une sorte de nouvelle planète qui tournait autour du soleil selon sa propre orbite.

Floyd se trouvait seul dans la cabine prévue pour trente passagers. Il était étrange de voir tous ces sièges vides autour de soi et de profiter des attentions exclusives du steward et de l'hôtesse, sans parler du pilote, du copilote et des deux ingénieurs. Floyd doutait que beaucoup d'hommes, au cours de l'Histoire, eussent bénéficié d'un tel service. Il se souvint de la remarque cynique de certain pontife : « A présent que nous détenons la papauté, profitons-en. » Eh bien, ma foi, il n'avait qu'à profiter de ce voyage et de l'euphorie qu'engendrait l'apesanteur. Avec le poids disparaissaient la plupart des soucis. Quelqu'un avait dit une fois que si l'on pouvait être terrifié dans l'espace, on ne pouvait y être malheureux. C'était vrai.

Steward et hôtesse, semblait-il, étaient bien décidés à le faire manger durant les prochaines vingt-cinq heures, et il ne cessait de repousser des plats qu'il n'avait pas commandés. Le fait de manger en gravité zéro ne posait pas de vrai problème, contrairement aux sombres pronostics des premiers astronautes. Floyd était assis devant une table très ordinaire à laquelle on fixait assiettes et plats, comme sur un bateau par gros temps. Tous les mets, de quelque façon, possédaient un certain pouvoir adhésif afin qu'ils ne quittent pas l'assiette pour voyager dans la cabine. Ainsi une côtelette était retenue prisonnière par une épaisse sauce, une salade rigoureusement maîtrisée par ses ingrédients. Avec un peu d'astuce et de pratique, on réduisait considérablement le nombre des plats à proscrire, telles les soupes chaudes et les pâtisseries par trop friables. Pour les liquides, c'était différent : ils étaient tous présentés sous tube.

Toute une génération de volontaires héroïques quoique peu enthousiastes avait contribué à la mise au point des toilettes qui étaient maintenant à peu près sûres. Floyd en fit l'essai dès le début de la période de chute libre. Il se retrouva dans un petit réduit cubique pourvu de tous les aménagements que l'on trouvait sur un avion mais baignant dans une lumière rouge particulièrement pénible à l'œil. Un avis gravé annonçait :

TRES IMPORTANT ! POUR VOTRE CONFORT, VEUILLEZ LIRE ATTENTIVEMENT LES INSTRUCTIONS !

Floyd s'assit selon une vieille habitude qui persistait même en apesanteur et lut plusieurs fois la notice. Lorsqu'il fut certain qu'aucune modification n'avait été apportée depuis son dernier voyage, il appuya sur le bouton marqué DEPART.

Tout près, un moteur électrique se mit à vrombir et Floyd sentit le mouvement qui s'amorçait. Ainsi que le prescrivait la notice, il ferma les yeux et attendit. Une minute après, une sonnerie retentit et il rouvrit les yeux. La lumière était devenue d'un rose pâle reposant et, fait beaucoup plus important, la gravité était rétablie. Seule une faible vibration indiquait qu'il s'agissait d'une gravité de fortune entretenue par la rotation du compartiment des toilettes. Floyd prit un morceau de savon, le lâcha et le regarda dériver lentement. La force centrifuge ne devait représenter en fait que le quart de la pesanteur normale. Mais cela suffisait pour que les objets se déplacent dans la bonne direction, ce qui était particulièrement important en un tel endroit.

Il appuya sur le bouton STOP et ferma de nouveau les yeux. Lentement, la sensation de poids reflua tandis que cessait la rotation. La sonnerie retentit par deux fois et la lumière rouge fit sa réapparition. La porte se retrouva alors en position correcte et Floyd put sortir. Il se glissa rapidement dans la cabine et ses semelles de velcro adhérèrent aussitôt au tapis. Il avait depuis longtemps épuisé les joies de l'apesanteur et appréciait le fait de pouvoir marcher à peu près normalement.

Il avait largement de quoi s'occuper. Lorsqu'il en eut assez des rapports officiels et des mémos, il brancha son minibloc d'information sur le circuit du vaisseau et parcourut les dernières nouvelles de la Terre. Il formait l'un après l'autre les numéros de code des principaux journaux électroniques du monde. Il connaissait par cœur la plupart et n'avait pas besoin de consulter la liste qui figurait au dos du bloc. En jouant sur la mémoire de la visionneuse, il pouvait consulter la première page et choisir rapidement les rubriques qui l'intéressaient. Chacune avait son propre numéro de référence et, lorsqu'il le formait, le rectangle qui avait les dimensions d'un timbre-poste s'agrandissait sur l'écran. La lecture achevée, il suffisait de revenir à la vision de la page entière et de choisir une autre rubrique.

Parfois, Floyd se demandait si le minibloc et la technologie fantastique qu'il supposait représentaient le sommet des découvertes humaines en matière de communications. Il se trouvait en plein espace, s'éloignant de la Terre à des milliers de milles à l'heure et pourtant, en quelques fractions de seconde, il lui était possible de consulter n'importe quel journal. Le mot même de journal était une survivance anachronique en cet âge électronique. Le texte se modifiait automatiquement d'heure en heure. Même en ne lisant que la version anglaise on pouvait passer sa vie entière à absorber le flot sans cesse changeant des informations retransmises par satellites.

Il était difficile d'imaginer que le système pût être modifié ou amélioré. Pourtant, songea Floyd, tôt ou tard il disparaîtrait pour être remplacé par quelque chose qui renverrait les miniblocs au rang des presses de Gutenberg.

La lecture des journaux électroniques amenait souvent une autre réflexion : plus les moyens de diffusion se faisaient merveilleux, plus barbare, atterrant et choquant était leur contenu. Accidents, désastres, crimes, menaces de conflit, éditoriaux sinistres — tels semblaient être les sujets principaux des articles qui se propageaient dans l'espace. Floyd en venait parfois à se demander si tout cela était vraiment aussi terrible qu'il y semblait. Les informations d'Utopie, après tout, auraient sans doute été atrocement ennuyeuses.

De temps en temps, le commandant de bord ou un autre membre de l'équipage entrait dans la cabine et échangeait quelques mots avec lui. Chacun semblait lui témoigner beaucoup de respect et être dévoré de curiosité quant à l'objet de sa mission, mais ils étaient tous trop polis pour poser des questions ou même faire des allusions.

Seule, la mignonne petite hôtesse se montrait parfaitement à son aise en sa présence. Floyd découvrit très vite qu'elle était originaire de Bali. Elle avait emporté au-delà de l'atmosphère terrestre un peu de la grâce et du mystère de son île natale encore préservée. L'un des souvenirs les plus agréables et les plus étranges de ce voyage devait rester pour Floyd une démonstration de danse balinaise sous gravité zéro tandis que se profilait comme décor le croissant bleu-vert de la Terre.

Il y eut une période de sommeil durant laquelle la lumière baissa dans la cabine. Floyd attacha ses bras et ses jambes aux fixations élastiques qui devaient l'empêcher de dériver involontairement. Le procédé pouvait paraître assez barbare mais ici, en apesanteur, un lit sans matelas était encore plus confortable que la plus moelleuse des couches sur Terre.

Lorsqu'il se fut arrimé, il sombra rapidement dans le sommeil, mais il s'éveilla bientôt à demi et fut abasourdi par l'étrangeté de ce qui l'entourait. Pendant un instant, il eut l'impression de se trouver au milieu d'un lampion japonais. Puis il décida fermement : « Rendors-toi, mon vieux. Ce n'est qu'une navette lunaire très ordinaire. »

Lorsqu'il s'éveilla de nouveau, la Lune occupait la moitié du ciel et les manœuvres de décélération allaient commencer. Les baies s'ouvraient maintenant sur l'espace libre et il se rendit au poste de contrôle. Sur les écrans de proue, il put alors observer les ultimes phases de la descente.

Les montagnes lunaires grandissaient à vue d'œil. Elles ne ressemblaient en rien à celles de la Terre. Il leur manquait les sommets neigeux, les touches vertes de végétation et les couronnes de nuages. Néanmoins, les violents contrastes d'ombre et de lumière leur conféraient une surprenante beauté. Ici, les lois de l'esthétique terrestre ne jouaient plus. Ce monde avait été façonné par des forces étrangères qui, durant des éons de temps, étaient demeurées inconnues de la Terre jeune et verte avec ses glaciations, ses mers changeantes et ses chaînes de montagnes qui se dissolvaient comme les brumes à l'aube. Ici, le passé, jusqu'à maintenant, avait été inconcevable. Le passé, pas la mort, puisque la Lune n'avait jamais vécu.

A présent, le vaisseau se trouvait presque à la verticale de la ligne séparant le jour de la nuit, au-dessus d'un chaos d'ombres mêlées et de pics isolés qui captaient les première lueurs de l'aube lunaire. L'endroit était dangereux pour un éventuel débarquement, même avec l'assistance d'instruments électroniques, mais le vaisseau s'en éloignait lentement, se dirigeant vers la face obscure.

Comme son regard s'accoutumait à la faible clarté extérieure, Floyd vit que le paysage plongé dans la nuit n'était pas complètement obscur. Il était habité d'une fantomatique clarté qui révélait nettement les pics, les vallées et les plaines. La Terre géante flottait dans le ciel.

Sur le panneau de contrôle, des lueurs scintillaient au-dessus des écrans-radar, des chiffres naissaient sur les voyants des ordinateurs au fur et à mesure que se rapprochait le sol. Celui-ci était encore à plus de mille milles lorsque les fusées amorcèrent le freinage. Durant des siècles, la Lune parut emplir le ciel tandis que le soleil glissait sous l'horizon, jusqu'à ce qu'un seul et immense cratère occupe le champ de vision. La navette descendait vers les pics qui se dressaient au centre et Floyd vit soudain que l'un d'eux clignotait sur un rythme régulier. Sur Terre, cela aurait pu être une balise d'aéroport et il contempla cette lueur la gorge serrée. C'était la preuve indéniable que les hommes étaient installés sur la Lune.

Le cratère grandissait encore et ses parois s'enfonçaient à l'horizon. Les petits cratères qui marquaient le fond prenaient leurs véritables dimensions. Certains avaient des milles de large et ils auraient pu contenir des villes entières.

Sous contrôle automatique, le vaisseau glissait dans l'espace étoilé vers le paysage nu qui brillait doucement sous la Terre. Une voix se fit soudain entendre par-dessus le sifflement des fusées et les échos électroniques :

— Contrôle de Clavius à Vol Spécial 14. O.K. pour l'approche. Veuillez procéder à vérification manuelle du verrouillage, de la pression hydraulique et du gonflement des amortisseurs.

Le pilote appuya sur diverses touches lumineuses et des voyants verts s'illuminèrent.

— Verrouillage, pression hydraulique et amortisseurs O.K.

— Bien reçu, dit la Lune.

La descente se poursuivit en silence. Pourtant, une vive conversation continuait à se dérouler, mais elle était entretenue par les machines qui se transmettaient des trains d'impulsions à des vitesses que leurs constructeurs n'auraient pu atteindre.

Déjà, plusieurs pics se dressaient au-dessus de l'astronef. Le sol n'était plus qu'à quelques centaines de mètres et la balise était devenue une brillante étoile qui dominait les bâtiments bas et les véhicules aux silhouettes baroques. Au dernier stade, les fusées parurent moduler quelque mystérieuse chanson, s'interrompant parfois afin de corriger leur poussée. Brusquement, un nuage de poussière s'éleva et masqua toute chose. Les fusées crachèrent une dernière fois et l'engin oscilla légèrement, comme un canot pris dans les lames. Il fallut quelques secondes à Floyd pour comprendre que le silence était revenu en même temps qu'une faible pesanteur.

Sans le moindre incident, en quelques heures, il avait fait l'extraordinaire voyage dont les hommes avaient rêvé pendant deux mille ans. Il venait de se poser sur la Lune.

10

LA BASE DE CLAVIUS

Clavius, avec ses 150 milles de diamètre, est le second par ordre de grandeur des cratères de la face visible de la Lune. Il est situé au centre des Highlands lunaires du sud. Sa formation est très ancienne et des éternités d'activité volcanique et de bombardement de météores ont marqué ses parois et sa surface. Depuis la dernière période de formation de cratères où les débris de la ceinture des astéroïdes ont plu sur les planètes intérieures, il connaît toutefois la paix, une paix d'un demi-milliard d'années.

Des mouvements nouveaux agitaient pourtant le fond du cratère : l'homme y établissait sa première base sur la Lune. En cas d'urgence, elle pourrait devenir autonome. Les moyens vitaux provenaient des rochers broyés, chauffés et traités chimiquement. Le sous-sol lunaire pouvait tout fournir : hydrogène, oxygène, carbone, azote, phosphore ainsi que la plupart des autres éléments. Il suffisait de savoir où les trouver.

La base de Clavius constituait un système clos, une sorte de Terre en miniature qui recyclait en permanence tous ses principes de vie. L'atmosphère était purifiée dans une immense « serre » circulaire aménagée sous la surface du sol. La nuit, sous les lampes à incandescence, ou le jour, sous la clarté filtrée du soleil, des mètres carrés de pousses vertes se développaient dans une ambiance chaude et humide. Ces pousses constituaient des mutations d'un type spécial, capable de fournir en abondance de l'oxygène et accessoirement de la nourriture.

Le gros de la production alimentaire était assuré par des processus chimiques ainsi que par le traitement des algues. L'écume verte qui circulait au long de centaines de mètres de tubes transparents aurait difficilement tenté un gourmet, pourtant les biochimistes avaient le pouvoir de la convertir en côtelettes et en steaks que seul un connaisseur pouvait distinguer des originaux.

Les 1 100 hommes et les 600 femmes qui constituaient le personnel de la base étaient tous des scientifiques et des techniciens hautement entraînés et qui avaient été, sur Terre, l'objet d'une sélection très sévère. Bien que l'existence sur la Lune fût à présent débarrassée des servitudes, des dangers occasionnels et des inconvénients des premiers jours, elle nécessitait une certaine préparation psychologique et elle n'était guère recommandée à ceux qui souffraient de claustrophobie. L'aménagement du sous-sol à partir du roc ou de la lave solidifiée coûtait du temps et de l'argent et l'« appartement standard » pour une personne n'était encore qu'une pièce de trois mètres sur deux, haute de deux mètres cinquante. Elle évoquait un studio de motel décoré avec goût : lit convertible, télé, chaîne haute-fidélité et visiophone. De plus, par un simple artifice, l'unique paroi vierge pouvait se transformer en paysage terrestre avec un choix de vingt vues différentes. Cette touche de luxe était caractéristique de la base bien qu'il fût parfois difficile d'en démontrer la nécessité aux nouveaux venus. Chaque homme, chaque femme vivant à Clavius avait coûté des centaines de milliers de dollars de formation, de transport et d'habitat et cela justifiait bien un léger extra pour assurer leur tranquillité d'âme. Il ne s'agissait nullement d'art par amour de l'art mais de simple sécurité.

L'un des principaux attraits de la base — et de toute la Lune — était sans nul doute la faible gravité qui conférait une sensation de bien-être. Elle avait pourtant ses dangers et il fallait quelques semaines pour s'adapter. Sur la Lune, le corps humain devait réapprendre d'autres réflexes et distinguer pour la première fois la masse du poids.

Un homme qui, sur Terre, dépassait les quatre-vingt-dix kilos, avait l'heureuse surprise de n'en faire plus que quinze sur la Lune. Cette impression de légèreté persistait aussi longtemps qu'il se déplaçait en ligne droitc et à une allure uniforme. Dès qu'il changeait de direction, dès qu'il tournait ou s'arrêtait brusquement, son poids terrestre, son inertie, se manifestaient à nouveau. C'était là une constante inaltérable qui demeurait la même sur Terre, sur la Lune ou en plein espace. Pour s'adapter à la vie lunaire, il était essentiel de bien comprendre que tous les objets y opposaient six fois plus de résistance que leur poids ne pouvait le laisser supposer. En général, la leçon s'apprenait avec d'innombrables collisions et chocs plus ou moins violents et les vieux colons se tenaient prudemment à l'écart des nouveaux venus jusqu'à ce que ceux-ci se fussent acclimatés.

La base était un petit monde, avec ses ateliers, ses bureaux, ses hangars, son ordinateur central, ses générateurs, ses garages, ses cuisines, ses laboratoires et sa serre. Ironiquement, la plupart des moyens utilisés pour la construction de cet empire souterrain avaient été développés durant la Guerre Froide. Ceux qui avaient séjourné dans une base de missiles se sentaient parfaitement à l'aise à Clavius. Les gestes et le décor de la vie quotidienne y étaient les mêmes et il s'agissait d'une certaine façon de se défendre ici aussi contre un environnement hostile. Mais le but final était pacifique. Il avait fallu dix mille ans aux hommes pour découvrir enfin quelque chose d'aussi excitant que la guerre. Malheureusement, tous n'avaient pas encore compris cela.

Les pics acérés entrevus avant l'atterrissage avaient mystérieusement disparu sous l'horizon. Une plaine grise s'étendait autour de l'astronef, luisant sous la Terre déclinante. Le ciel était totalement noir, pourtant seules les étoiles les plus brillantes étaient visibles dans la réverbération du sol. Plusieurs véhicules d'apparence bizarre s'approchaient de l'*Arès-1 B :* grues, tracteurs et camions. Certains étaient automatiques, d'autres pilotés par un chauffeur installé dans une cabine pressurisée. La plupart se déplaçaient sur pneus ballons, cette plaine lisse n'offrant pas de difficultés particulières. Il y avait cependant un camion-citerne muni de ces fameuses flexi-roues qui avaient fait leurs preuves sur la Lune. Il s'agissait de plaques disposées en cercle, chaque plaque étant montée indépendamment sur ressort. Les flexi-roues avaient la plupart des avantages des chenilles dont elles étaient inspirées. Elles s'adaptaient au terrain en variant leur forme et leur diamètre et, supérieures en ceci aux chenilles, elles continuaient de fonctionner lorsque des sections venaient à disparaître.

Un petit car muni d'un appendice rappelant une trompe d'éléphant approchait maintenant de la nef. Quelques secondes après, la coque résonna sous un choc, puis le sifflement de l'air qui s'échappait se fit entendre. Finalement, le verrouillage s'établit et les pressions s'égalisèrent. La porte intérieure du sas s'ouvrit, livrant passage au comité d'accueil.

Celui-ci était conduit par Ralph Halvorsen, administrateur de la Province dite Méridionale qui englobait la base et toutes les missions extérieures. Il était accompagné du Dr Roy Michaels, directeur de la Recherche. C'était un petit géophysicien aux cheveux grisonnants que Floyd avait rencontré lors de ses précédentes visites. Le reste du comité était composé d'une douzaine de chercheurs et d'assistants. Ils témoignèrent d'un certain respect envers Floyd, mais, à en juger par l'attitude de l'administrateur lui-même, ils n'attendaient qu'une occasion pour clamer leurs doléances.

— Heureux de vous avoir parmi nous, docteur Floyd, déclara Halvorsen. Vous avez fait bon voyage ?

— Ce ne pouvait être mieux, répondit Floyd. L'équipage a été aux petits soins pour moi.

Tandis que le car les emmenait vers la base, il échangea les habituelles paroles courtoises avec les autres mais nul ne fit allusion à l'objet de sa venue. A trois cents mètres de l'astronef, ils passèrent devant un panneau qui annonçait :

BIENVENUE A LA BASE DE CLAVIUS

Groupe de Recherches Astronautiques
des Etats-Unis

1994

Ils plongèrent alors dans une ouverture qui les conduisit rapidement au sous-sol. Une porte massive s'ouvrit puis se referma sur eux. Puis une seconde et enfin une troisième. Lorsque cette dernière porte se fut refermée, un grand souffle d'air annonça qu'ils se trouvaient à présent dans l'atmosphère de la base.

Ils suivirent rapidement un tunnel empli de câbles et de canalisations qui résonnaient de pulsations régulières et Floyd se retrouva soudain dans un univers familier : ordinateurs, secrétaires, machines à écrire, tableaux et téléphone. Ils s'arrêtèrent devant une porte marquée : ADMINISTRATEUR et Halvorsen déclara avec tact :

— Le Dr Floyd et moi-même nous rendrons à la salle de conférences dans quelques minutes.

Les autres acquiescèrent et se retirèrent. Avant que Halvorsen ait pu introduire Floyd dans son bureau, il y eut une petite interruption : une porte s'ouvrit non loin et une fillette bondit sur l'administrateur de la base.

— Papa ! Tu as été En Haut ! Tu avais *promis* de m'emmener !

— Allons, Diana, fit Halvorsen avec tendresse, j'ai seulement dit que je t'emmènerais quand je le pourrais. Mais il fallait que j'accueille le Dr Floyd. Serre-lui la main, veux-tu : il vient juste d'arriver de la Terre.

La petite fille tendit à Floyd une main mignonne.

Il estima qu'elle devait avoir dans les huit ans. Son visage lui était vaguement familier et il se rendit compte soudain que l'administrateur le regardait avec un sourire interrogateur. Il comprit pourquoi.

— Incroyable ! A ma dernière visite, c'était encore un bébé !

— Elle a eu quatre ans la semaine dernière, dit fièrement Halvorsen. Les enfants se développent rapidement avec cette pesanteur. Et ils vieillissent également moins vite. Elle vivra plus longtemps que vous et moi.

Floyd, fasciné, fixait la petite demoiselle, notant l'attitude gracieuse et la charpente extraordinairement fine.

— Très heureux de te revoir, Diana, dit-il.

Puis une impulsion soudaine — curiosité ou simple politesse — le poussa à ajouter :

— Aimerais-tu aller sur Terre ?

Les yeux de Diana s'agrandirent d'étonnement et elle secoua la tête.

— C'est un endroit très vilain. Quand on tombe, on se fait mal. Et il y a trop de gens.

Voici donc une représentante de la génération de l'espace, songea Floyd. Elle deviendra de plus en plus importante dans les années à venir. Cette pensée était empreinte d'une certaine tristesse et de beaucoup d'espoir. La Terre était entièrement conquise et pacifiée, sans doute un peu fatiguée aussi, mais il y aurait toujours des espaces nouveaux pour ceux qui aimaient la liberté, pour les pionniers endurcis, les aventuriers irascibles. Leurs outils et leurs armes ne seraient pourtant ni la hache ni le fusil, le canoë ou le chariot bâché mais la pile atomique, la propulsion plasma et la ferme hydroponique. Le temps n'était plus éloigné où la Terre devrait dire adieu à ses enfants.

Halvorsen réussit à repousser sa progéniture à l'aide de menaces et de promesses et introduisit Floyd dans son bureau. Celui-ci ne faisait pas plus de quatre mètres carrés. Des photos dédicacées du président des Etats-Unis, du secrétaire général de l'O.N.U. et des astronautes célèbres couvraient les murs. L'aspect général de la pièce, les objets qui s'y trouvaient, tout indiquait clairement que celui qui y travaillait valait 50 000 dollars par an.

Floyd fut englouti par un fauteuil de cuir et accepta un « sherry » produit dans les labos de la base.

— Comment ça va, Ralph ? demanda-t-il après une première gorgée prudente et une seconde, approbatrice.

— Pas si mal que cela, répondit Halvorsen. Il y a cependant une chose qu'il vaut mieux que vous sachiez tout de suite avant de vous aventurer dans les parages.

— Et c'est ?

— Eh bien, je pense que l'on pourrait dire qu'il

s'agit d'un problème moral, soupira Halvorsen.

— Vraiment ?

— Ce n'est pas encore très grave, mais cela risque de le devenir avant peu.

— Le black-out sur les informations, dit Floyd d'un ton neutre.

— C'est cela. Mes gars commencent à bouillir. Il faut bien se dire que la plupart ont de la famille sur Terre. Les gens peuvent penser qu'ils sont tous morts de la peste lunaire.

— Je suis navré de cet état de choses, dit Floyd, mais il était impossible de trouver une meilleure couverture. Jusqu'ici elle a tenu. A ce propos, j'ai rencontré Moisevitch à la station et même lui semble y croire.

— Voilà qui devrait satisfaire la sécurité.

— Pas tellement. Il a aussi entendu parler de AMT-1. Les rumeurs commencent à se propager. Mais nous ne pouvons faire aucune déclaration avant de savoir de quoi il s'agit et si nos amis chinois ne sont pas derrière tout ça.

— Le Dr Michaels croit détenir la réponse. Il meurt d'envie de vous la communiquer.

Floyd finit son verre.

— Et je meurs d'envie de l'entendre. Allons-y.

11

L'ANOMALIE

La conférence avait lieu dans une vaste pièce rectangulaire où une centaine de personnes pouvaient aisément tenir. Elle était pourvue des tout derniers équipements optiques et électroniques et aurait pu faire figure de salle de conférences modèle si de nombreuses affiches, photos et tableaux d'amateurs n'avaient révélé qu'elle abritait également le cercle culturel de la base. Floyd fut particulièrement frappé par une collection de panneaux visiblement rassemblés avec amour :

DEFENSE DE MARCHER SUR LES PELOUSES - STATIONNEMENT UNILATERAL - DEFENSE DE FUMER - ON EST PRIE DE NE PAS DONNER A MANGER AUX ANIMAUX - LA PLAGE A CENT METRES.

S'ils étaient authentiques — et ils semblaient l'être — leur transport depuis la Terre avait dû coûter une fortune. Ils révélaient une réaction émouvante : sur ce monde hostile, les humains étaient encore capables de plaisanter à propos des choses qu'ils avaient laissées loin derrière eux et que jamais leurs enfants ne regretteraient.

Quarante à cinquante personnes attendaient Floyd et chacun s'inclina avec cérémonie à son entrée. Tout en hochant la tête à l'adresse de quelques visages familiers, il murmura à l'intention de Halvorsen :

— J'aimerais dire quelques mots avant la réunion.

Il s'assit dans la première rangée tandis que l'administrateur gagnait l'estrade et contemplait un instant l'auditoire avant de commencer :

— Mesdames et messieurs, je pense qu'il est inutile de vous dire que cette conférence représente un moment important. Nous sommes tous heureux d'avoir parmi nous le Dr Heywood Floyd. Nous le connaissons tous de réputation et certains personnellement. Il vient juste d'arriver de la Terre par vol spécial et, avant toute chose, il voudrait vous dire quelques mots. Docteur...

Floyd se leva sous les applaudissements et succéda à Halvorsen. Il sourit :

— Merci. Je désirais vous dire ceci : le Président m'a demandé de vous transmettre toutes ses félicitations pour votre travail que nous espérons voir très bientôt reconnu par le monde entier. Je suis parfaitement conscient du fait que certains d'entre vous — sans doute la plupart —

attendent anxieusement que le voile du secret soit levé. Il ne serait pas scientifique de réagir autrement.

Il surprit un regard du Dr Michaels dont le visage maigre était légèrement froncé en une expression qui mettait en évidence la longue cicatrice qui marquait sa joue droite, résultat de quelque accident spatial. Il savait très bien que le géologue s'était vigoureusement élevé contre « ces idioties de roman-feuilleton ».

— Je voudrais vous rappeler, reprit-il, à quel point cette situation est extraordinaire. Nous devons être absolument certains du moindre fait. La plus légère erreur nous ôterait toutes nos chances. Il convient donc de se montrer patient pendant quelque temps encore. Tel est le souhait du Président. Voilà tout ce que j'avais à vous dire. A présent, je suis prêt à entendre vos rapports.

Il regagna sa place.

— Merci, docteur, dit Halvorsen.

Puis il fit un signe de tête, plutôt sec sembla-t-il, à l'adresse du Dr Michaels qui gagna l'estrade tandis que s'estompaient les lumières.

Une photographie de la Lune apparut sur l'écran. Un cratère d'un blanc brillant occupait le centre. Des traces blanches s'en irradiaient comme si quelqu'un avait lancé un sac de farine qui se serait répandue sur toute la surface lunaire.

— Tycho, annonça Michaels en désignant le cratère. Ce cliché pris à la verticale le met particulièrement en évidence, bien mieux que depuis la Terre puisqu'il apparaît proche du bord de la face visible. A cette altitude — quelques milliers de milles — vous pouvez constater à quel point il domine tout cet hémisphère lunaire.

Il s'interrompit pour permettre à Floyd d'assimiler cette vision inhabituelle d'un site familier, puis reprit :

— L'année dernière, nous nous sommes livrés à une exploration magnétique de cette région à partir d'un satellite placé sur orbite basse. Nous l'avons achevée le mois dernier et en voici le résultat : cette carte, par quoi tout a commencé.

Une seconde image apparut. Elle évoquait une carte de niveaux bien qu'il s'agît uniquement d'une représentation de divers champs magnétiques. Les lignes étaient en général rigoureusement parallèles et bien délimitées mais, dans un angle, elles se rapprochaient brusquement pour former des cercles concentriques. Cela ressemblait à un nœud dans une planche. Même pour un œil non exercé, il apparaissait évident que le champ magnétique était, dans cette région, d'une nature particulière. Au bas de la carte figurait une mention en gros caractères :

ANOMALIE MAGNETIQUE DE TYCHO
NUMERO 1.

Et dans le coin supérieur droit on pouvait lire :

CONFIDENTIEL

« Tout d'abord, nous avons pensé qu'il pouvait s'agir d'un affleurement de roche magnétique, mais l'évidence géologique s'opposait nettement à cette hypothèse. Même une météorite ferro-nickel de grande taille ne pourrait produire un champ aussi intense. Nous avons donc décidé d'aller examiner les lieux.

« La première expédition n'a rien découvert. Le terrain était tout à fait normal, avec la couche de poussière habituelle. Une sonde a été placée au centre exact du champ afin de prélever un échantillon de sol. A cinq mètres de profondeur, elle s'est arrêtée. On a alors décidé de creuser, ce qui n'est pas facile en scaphandre, je puis vous l'assurer.

« A la suite de sa découverte, l'expédition est revenue ici à toute allure. Une équipe plus importante l'a remplacée, avec un équipement mieux adapté. Ils ont creusé pendant deux semaines et le résultat a été celui que vous connaissez. »

La salle se fit totalement silencieuse comme apparaissait une nouvelle image. Bien que chacun l'eût déjà vue plusieurs fois, il ne se trouva personne pour ne pas se pencher en avant dans l'espoir de découvrir des détails inconnus. Sur Terre comme sur la Lune, moins d'une centaine d'hommes avaient eu jusqu'ici l'occasion de voir ce document.

Il représentait un homme en scaphandre spatial rouge et jaune, immobile au fond d'une excavation, tenant une toise graduée en décimètres. Le paysage aurait pu se situer sur Mars aussi bien que sur la Lune s'il n'y avait eu l'objet devant lequel se tenait l'homme. C'était un bloc de matière noire, dressé verticalement. Il mesurait à peu près trois mètres de hauteur et devait avoir un mètre cinquante de largeur. Pour Floyd, il avait l'apparence assez sinistre de quelque pierre tombale géante. Il était parfaitement symétrique et ses arêtes étaient aiguës. Il était si noir qu'il semblait absorber la lumière. Nul détail n'apparaissait sur sa surface lisse. Il était impossible de dire s'il était fait de pierre, de métal, de plastique ou de quelque autre matériau.

— AMT-1, annonça le Dr Michaels avec une nuance de respect dans la voix. Cela paraît très récent, n'est-ce pas ? On ne peut blâmer ceux qui estimaient qu'il n'avait pas plus de quelques années et qui ont tenté de le relier à la troisième expédition chinoise de 98. Pour ma part, je n'ai jamais été d'accord et maintenant nous sommes en mesure de le dater avec précision par rapport au site géologique.

« Docteur Floyd, mes collègues et moi-même sommes prêts à engager notre réputation sur ce point : l'Anomalie Magnétique de Tycho est sans le moindre rapport avec la race humaine car, lorsque le monolithe fut enfoui, il n'existait encore aucun être humain. Voyez-vous, il a environ trois millions d'années. Vous contemplez en ce moment la première manifestation d'une intelligence extraterrestre.

12

VOYAGE AU CLAIR DE TERRE

Province des grands cratères. — *S'étend au sud du centre approximatif de la face visible et à l'est de la Province des cratères du centre. Compte de nombreux cratères dus à des impacts météoritiques, pour la plupart importants, l'un d'eux étant le plus vaste de la surface lunaire. Dans le nord, quelques cratères proviennent de l'impact ayant engendré la Mare Imbrium. Terrain difficile à l'exception de quelques fonds de cratères. Pentes de l'ordre de 10 à 12° sauf fonds horizontaux.*

Débarquement et progression. — *Débarquement difficile en principe par suite de la pente et de la nature du sol. Moins difficile sans doute dans le fond des cratères. Progression presque impossible dans toutes les directions. Un relevé de parcours est nécessaire. Progression toutefois possible dans quelques fonds.*

Construction. — *Généralement possible, la pente n'étant pas trop accentuée. Présence de nombreux blocs isolés. Extraction de lave sans doute difficile.*

Tycho. — *Diamètre : 54 milles. Hauteur de la paroi : 2 500 mètres. Profondeur au centre : 4 000 mètres. Est à l'origine du plus important réseau de sillons visible sur la surface lunaire, certains s'étendant jusqu'à plus de 500 milles du cratère.*

(Extrait du rapport technique sur la surface lunaire, bureau des recherches de l'Armée — Service géologique, Washington, 1961.)

Le laboratoire mobile qui se déplaçait sur la plaine à 50 milles à l'heure évoquait une sorte de roulotte géante montée sur huit flexi-roues. Il constituait une véritable base autonome dans laquelle vingt hommes pouvaient vivre et travailler durant plusieurs semaines. C'était en fait une sorte d'astronef qui se déplaçait au sol et pouvait décoller en cas de besoin. Par exemple, s'il venait à rencontrer une crevasse ou un canyon, il franchissait l'obstacle à l'aide de ses quatre fusées plutôt que de le contourner.

Floyd se pencha vers la baie de vision et découvrit la piste nettement tracée par les multiples véhicules qui avaient déjà sillonné le sol friable. A intervalles réguliers, de hauts poteaux surmontés d'un phare clignotant apparaissaient en bordure. Même lorsque régnait la nuit lunaire, il était impossible de s'égarer au long des 200 milles qui séparaient la base de Clavius de AMT-1.

Les étoiles étaient à peine plus nombreuses et plus brillantes que par une nuit d'été au Nouveau-Mexique ou dans le Colorado. Mais dans le ciel d'un noir de charbon deux apparitions détruisaient l'illusion de nuit terrestre. La première était la Terre, suspendue comme un gigantesque phare au-dessus de l'horizon du nord. Elle était des dizaines de fois plus brillante que la pleine lune et recouvrait le paysage d'une froide clarté bleu-vert.

Et il y avait le pâle cône de lumière perlée qui se dessinait à l'horizon d'est. Il devenait de plus en plus intense, comme si quelque incendie prodigieux faisait rage au bord de la Lune. C'était là une vision que nul homme n'avait jamais eue sur Terre sauf lors de quelques rares éclipses totales. C'était la couronne solaire, annonciatrice de l'aube lunaire. Avant peu, le soleil envahirait à nouveau le paysage pétrifié.

Floyd était assis dans la cabine aux côtés de Halvorsen et de Michaels. Sans cesse ses pensées revenaient au gouffre de trois millions d'années qui s'était ouvert devant lui. A l'image de la plupart des scientifiques, il avait l'habitude de concevoir des périodes encore plus longues, mais elles concernaient les mouvements des étoiles et les cycles infiniment lents des choses inanimées. L'esprit, pas plus que l'intelligence, n'était touché et ces éons ne pouvaient engendrer l'émotion.

Trois millions d'années ! La fresque houleuse de

l'Histoire écrite, avec ses rois, ses empires, ses tragédies et ses triomphes couvrait à peine un millième de tout ce temps. Non seulement l'homme mais aussi la plupart des animaux terrestres n'existaient pas encore lorsque le monolithe noir avait été érigé sur la Lune, dans le plus vaste des cratères. Qu'il eût été délibérément placé là, le Dr Michaels en était certain.

— Tout d'abord, avait-il dit, j'ai eu l'espoir qu'il pouvait signaler l'emplacement de quelque construction souterraine, mais nos dernières fouilles ont éliminé cette idée. Il repose sur une vaste plate-forme qui est du même matériau noir, et le rocher en-dessous est intact. Les... créatures qui l'ont placé là voulaient être certaines qu'il demeurerait stable en dépit des séismes. Il a été construit pour l'éternité.

Il y avait tout à la fois de la joie et une certaine tristesse dans le ton de Michaels, et Floyd partageait ces émotions. Ils avaient trouvé là une réponse à l'une des plus anciennes questions que se fût jamais posé l'homme. Ils possédaient la preuve irréfutable que celui-ci n'était pas la seule espèce intelligente que l'univers ait connu. Mais cette idée leur rendait encore plus écrasante l'immensité du Temps. Ceux qui étaient venus avaient manqué l'humanité de quelques centaines de milliers de générations. Et peut-être était-ce aussi bien, songea Floyd. Pourtant que n'auraient-ils pu apprendre d'êtres qui avaient vaincu l'espace alors que les ancêtres de l'homme vivaient encore dans les arbres !

A quelques centaines de mètres, un poteau se silhouettait sur l'horizon étonnamment proche. Une construction dont la forme évoquait une tente apparaissait à sa base. Elle était recouverte d'une feuille d'argent destinée à la protéger de la chaleur du jour lunaire. Comme ils s'approchaient encore, Floyd put lire à la clarté de la Terre :

DEPOT DE SECOURS N° 3
20 kg de carburant
10 litres d'eau
20 unités alimentaires MK 4
1 trousse à outils B
1 nécessaire réparation
TELEPHONE

Il tendit le doigt :

— Vous est-il venu à l'idée que l'anomalie de Tycho pouvait être une espèce de dépôt de secours comme celui-ci, laissé par une expédition qui n'est jamais revenue ?

— C'est une possibilité, admit Michaels. Le champ magnétique serait alors destiné à signaler sa position. Mais le monolithe est plutôt petit pour contenir des fournitures.

— Pourquoi ? intervint Halvorsen. Nul ne connaît la taille de ces êtres. Peut-être mesuraient-ils quelques centimètres et, pour eux, le monolithe serait très haut.

Michaels secoua la tête :

— C'est hors de question. D'aussi petites créatures ne sauraient être intelligentes. Le cerveau doit avoir un certain volume.

Floyd avait déjà remarqué que Halvorsen et Michaels adoptaient souvent des points de vue opposés bien que les frictions entre eux fussent assez rares. Simplement ils se respectaient et acceptaient leurs désaccords.

De toute façon, il était difficile de tomber d'accord sur le chapitre de AMT-1. Depuis six heures qu'il était sur la Lune, Floyd avait entendu une bonne douzaine de théories sans en risquer aucune lui-même. Monument, repère, tombeau, appareil de calcul géophysique, telles étaient en général les hypothèses les plus fréquentes et certains de leurs défenseurs se montraient particulièrement fermes. Bon nombre de paris avaient déjà été émis et lorsque la vérité serait connue, à supposer qu'elle le fût jamais, une importante somme d'argent changerait de mains.

Jusqu'à présent, le bloc noir avait résisté à toutes les tentatives de Michaels et de ses collègues pour prélever des échantillons. Ils ne doutaient pas qu'un rayon laser pût en venir à bout — rien ne résistait à une telle concentration d'énergie — mais la décision d'employer un moyen aussi radical revenait à Floyd. D'ores et déjà, il était déterminé à essayer les rayons X, les ultra-sons, les faisceaux de neutrons et autres moyens avant d'en venir au laser. C'était le propre du barbare de détruire ce qu'il ne pouvait comprendre, mais peut-être les hommes n'étaient-ils que des barbares comparés aux êtres qui avaient érigé les monolithes.

Et d'où avaient-ils pu venir ? De la Lune même ? C'était tout à fait impossible. S'il y avait jamais eu la moindre trace de vie sur ce monde désolé, elle avait été détruite durant la période de formation des cratères, quand la surface avait été chauffée à blanc.

De la Terre ? Hautement improbable mais pas impossible. Mais une civilisation terrestre avancée — peut-être non humaine — au Pleistocène, aurait laissé d'autres traces de son existence. Nous les aurions découvertes bien avant de débarquer sur la Lune, se dit Floyd.

Cela laissait deux possibilités : les autres planètes et les étoiles. Pourtant, l'évidence était contre la présence de la vie, de toute forme de vie, dans le système solaire, en dehors de la Terre et de Mars. Les mondes intérieurs étaient trop chauds, ceux de l'extérieur trop froids, à moins de descendre à des profondeurs où la pression atteignait des centaines de tonnes au centimètre carré.

Alors les visiteurs étaient peut-être venus des étoiles, ce qui paraissait encore plus incroyable.

En levant les yeux vers les constellations, Floyd se rappela combien de fois ses collègues avaient prouvé l'impossibilité des voyages interstellaires. Le bond de la Terre à la Lune était déjà considérable, mais l'étoile la plus proche était encore des millions de fois trop lointaine...

Il se dit qu'il perdait son temps en échafaudant des hypothèses : il fallait attendre de nouvelles preuves.

— Veuillez attacher vos ceintures et arrimer les objets, lança soudain le haut-parleur. Nous approchons d'une pente de quarante degrés.

Deux poteaux-balises venaient d'apparaître à l'horizon et le véhicule allait passer entre eux. Floyd avait à peine bouclé sa ceinture qu'ils se trouvaient déjà au bord d'une pente affolante. C'était comme un toit aigu sur lequel ils s'élancèrent. La Terre disparut derrière eux mais le véhicule avait ses projecteurs allumés. Des années auparavant, Floyd avait contemplé l'intérieur du Vésuve depuis le bord du cratère et il avait tout à coup l'impression très nette d'y tomber. Ce n'était pas particulièrement agréable.

Ils franchissaient en fait les terrasses supérieures des parois de Tycho et ils se trouvaient encore à des centaines de mètres du fond. Michaels tendit le doigt vers la vaste plaine qui se déployait devant eux.

— Là-bas ! lança-t-il.

Floyd hocha la tête : il avait déjà repéré les

petites lueurs rouges et vertes à quelques milles de distance. Tandis qu'ils progressaient lentement sur la pente, il ne les quitta plus des yeux. Bien sûr, le véhicule était parfaitement contrôlé, mais il ne respira pas vraiment avant qu'ils aient retrouvé l'horizontale.

A présent, il apercevait le groupe des dômes pressurisés où vivaient les hommes qui participaient aux fouilles. On aurait dit autant de bulles argentées sous la clarté de la Terre. Floyd remarqua la tour de radio, le parc des véhicules, la foreuse et l'énorme entassement de rochers qui avaient été arrachés au sol lunaire jusqu'à révéler le monolithe. Le camp, minuscule et dérisoire dans la solitude lunaire, semblait terriblement vulnérable au centre des forces silencieuses de la nature. Nul signe de vie n'était visible et l'on ne pouvait deviner pour quelle raison les hommes se trouvaient en un tel endroit, si loin de chez eux.

— Vous pouvez l'apercevoir, maintenant, annonça Michaels. Là, sur la droite, à deux cents mètres de l'antenne, à peu près.

Ainsi, c'est donc ça, songea Floyd, tandis que le véhicule atteignait le fond du cratère. Son pouls s'accéléra et il se pencha pour mieux voir. Ils franchirent un éboulis de rocs et AMT-1 apparut comme sur la photo.

Floyd cilla, secoua la tête, et regarda, encore et encore. Même dans la clarté de la Terre, il était difficile de distinguer nettement le monolithe.

Tout d'abord, il eut l'impression d'un rectangle de papier carbone, sans la moindre épaisseur. Bien sûr, c'était là une simple illusion d'optique. L'objet qu'il apercevait, bien que solide, reflétait si peu de lumière qu'il apparaissait comme une simple silhouette.

Tandis que le véhicule s'approchait encore, les trois hommes demeuraient silencieux. Ils étaient à la fois émus et incrédules, comme s'ils ne parvenaient pas à croire que la Lune, ce monde mort, ait pu réserver aux hommes une aussi fantastique surprise.

Ils stoppèrent à une dizaine de mètres de l'excavation et regardèrent par une baie latérale. Mais il n'y avait pas grand-chose à voir en dehors de cette forme parfaitement géométrique. Aucune marque, aucun défaut n'était visible dans cette masse d'ébène. C'était comme un cristal de nuit et, durant un instant, Floyd se demanda s'il ne pouvait s'agir là de quelque phénomène naturel issu des pressions et des chaleurs qui avaient donné naissance à la Lune. Mais cette improbable hypothèse avait été depuis longtemps examinée et repoussée.

Obéissant à quelque signal, les feux placés au bord de l'excavation s'allumèrent et la clarté de la Terre fut repoussée par une lumière bien plus intense. Dans le vide lunaire, les faisceaux des projecteurs étaient invisibles, bien sûr. Seules apparaissaient les ellipses d'un blanc aveuglant centrées sur le monolithe. Et, lorsqu'elles le touchaient, sa surface noire semblait les absorber.

La Boîte de Pandore, songea Floyd, soudain saisi d'un pressentiment. Elle attend d'être ouverte par l'homme, cet insatiable curieux. Que va-t-il trouver à l'intérieur ?

13

L'AUBE LENTE

Le dôme principal n'avait pas plus de cinq mètres de diamètre et l'intérieur n'était guère confortable. Le véhicule, maintenant relié à l'un des deux sas, apportait un volume supplémentaire appréciable.

Dans cet hémisphère travaillaient et vivaient six savants et techniciens attachés en permanence aux recherches sur AMT-1. Le dôme renfermait également la plus grande partie du matériel et des instruments ainsi que tout ce qui ne pouvait supporter le vide extérieur. On y trouvait cuisine, salle d'eau et toilettes. Un circuit de TV surveillait en permanence le site.

Floyd ne fut pas surpris lorsque Halvorsen choisit de rester à l'intérieur du dôme. Il exposa son point de vue avec une franchise admirable.

— Les scaphandres sont un mal nécessaire. J'en endosse un quatre fois par an pour mes tournées d'inspection. Si vous n'y voyez pas d'inconvénient, je vais m'asseoir ici et vous regarder par TV.

Il était assez injuste à l'égard des scaphandres car les tout derniers modèles étaient maintenant plus confortables que les armures portées par les premiers explorateurs lunaires. On pouvait les endosser en moins d'une minute, sans aide, et ils étaient pratiquement automatiques. Le modèle 5 que Floyd portait maintenant le protégerait de toutes les rigueurs de la Lune, de nuit comme de jour. Accompagné du Dr Michaels, il se dirigea vers le petit sas. Comme cessait la pulsation des pompes, il sentit son scaphandre se raidir sur lui et le silence du vide les enveloppa soudain.

Il fut brisé par le son rassurant de la radio :

— O.K. pour la pression, docteur Floyd ? Vous respirez normalement ?

— Ça va.

Son compagnon vérifia les écrans et les jauges placés à l'extérieur de son scaphandre, puis déclara :

— Bon. Allons-y.

La porte extérieure s'ouvrit et le paysage de poussière apparut, illuminé par la Terre.

Avec des mouvements lents de nageur, Floyd suivit Michaels. La progression n'était pas difficile. En vérité, il se sentait beaucoup plus à l'aise dans le scaphandre que nulle part ailleurs. Le poids supplémentaire qu'il apportait imposait une faible résistance aux mouvements et donnait l'illusion d'avoir presque retrouvé la pesanteur terrestre.

L'aspect du paysage avait quelque peu changé depuis leur arrivée, moins d'une heure auparavant. Les étoiles et la demi-Terre étaient toujours aussi brillantes, mais la nuit lunaire, longue de quatorze jours, approchait de son terme. La couronne solaire était comme une aube étrange à l'horizon de l'est, et soudain le mât qui supportait l'antenne de radio, à une quarantaine de mètres au-dessus de Tycho, parut s'embraser dans les tout premiers rayons du soleil.

Floyd et Michaels attendirent jusqu'à ce que le directeur des recherches et ses deux assistants émergent à leur tour du sas, puis ils marchèrent ensemble vers l'excavation. Lorsqu'ils parvinrent au bord, un arc incandescent se dessinait à l'horizon. Il faudrait encore plus d'une heure au soleil pour faire son apparition, mais, déjà, les étoiles commençaient à s'effacer.

L'excavation était encore plongée dans l'ombre, mais les projecteurs illuminaient violemment le centre. Floyd s'engagea avec précaution sur la rampe qui conduisait au rectangle de nuit. Il éprouvait une sensation de dépaysement et de vulnérabilité. Ici, presque au seuil de la Terre, l'homme affrontait un mystère qu'il ne résoudrait peut-être jamais. Trois millions d'années auparavant, *quelque chose* était venu là, quelque chose avait laissé cet incompréhensible symbole avant de regagner l'une des planètes, ou les étoiles.

Floyd fut interrompu dans sa rêverie :

— Ici, le directeur des recherches. Mettez-vous sur un rang, je vous prie, afin que nous puissions prendre quelques photos. Docteur Floyd, voulez-vous vous placer au centre ? Docteur Michaels... Merci...

A l'exception de Floyd, nul ne semblait trouver qu'il y avait là quelque chose de drôle. En toute honnêteté, il dut s'avouer d'ailleurs qu'il était heureux que quelqu'un eût amené un appareil photo. Le cliché serait incontestablement historique et il en garderait quelques exemplaires pour lui. Il se demanda si son visage serait visible sous le casque.

— Merci, messieurs, dit le photographe après qu'ils eurent pris une bonne dizaine de clichés. La base vous adressera les tirages que vous pourriez désirer.

Floyd reporta alors toute son attention sur le monolithe noir. Il en fit lentement le tour, s'arrêtant pour l'examiner sous tous les angles, essayant de fixer dans son esprit toute l'étrangeté de cette vision. Il n'espérait pas découvrir quoi que ce fût, car il savait très bien qu'il ne restait pas un centimètre carré qui n'eût été examiné au microscope.

Lentement, le soleil montait au-dessus du cratère et ses rayons se déversaient presque librement sur la face est du monolithe. Celui-ci, pourtant, continuait d'absorber chaque particule de lumière.

Floyd décida de se livrer à une expérience très simple : il se plaça entre le bloc et le soleil et chercha son ombre sur la surface noire et lisse. Il n'y en avait aucune. Dix kilowatts de chaleur brute pour le moins devaient actuellement toucher le monolithe. Si quelque chose se trouvait à l'intérieur, très bientôt cela entrerait en ébullition.

Comme c'est étrange, se dit Floyd, de se trouver ici alors que le soleil, pour la première fois depuis que la Terre a connu les glaciers, va toucher cette... cette *chose*. Le noir... L'idéal pour absorber l'énergie solaire. Mais il rejeta cette pensée à peine lui fut-elle venue : qui eût été assez stupide pour enterrer un appareil fonctionnant à l'énergie solaire à plus de cinq mètres sous le sol ? Il regarda la Terre qui commençait déjà à pâlir dans le ciel du matin lunaire. Seule une poignée d'hommes entre les six milliards qui y vivaient étaient au courant de la découverte. Comment l'humanité réagirait-elle lorsque le black-out serait levé ?

Les conséquences politiques et sociales seraient immenses. Chaque être, quelle que fût son intelligence, verrait sa vie, sa philosophie, son sens des valeurs subtilement transformés. Même si l'on ne découvrait rien de plus sur AMT-1, même s'il demeurait pour toujours un mystère, l'homme saurait désormais qu'il n'était pas seul sur l'univers. Ceux qu'il avait manqués à quelques millions d'années près pouvaient fort bien revenir un jour. Et si ce n'était pas eux, il en viendrait d'autres. Tous les avenirs possibles recélaient désormais cette éventualité.

Il était encore perdu dans ses pensées quand le haut-parleur, à l'intérieur de son casque, émit soudain un sifflement électronique suraigu, une sorte de signal distordu, saturé. Instinctivement, il leva ses mains gantées jusqu'à son casque. Puis il se reprit et agrippa le contrôle de volume d'un geste frénétique. Quatre signaux déchirèrent encore l'éther, puis ce fut le silence miséricordieux.

Tout autour de l'excavation, les silhouettes des hommes s'étaient figées. Ainsi, se dit Floyd, cela ne venait pas de mon récepteur. Ils ont tous entendu.

Après trois millions d'années d'obscurité, AMT-1 venait de saluer l'aube lunaire.

14

A L'ECOUTE

A cent millions de milles au-delà de Mars, dans les solitudes glacées où l'homme ne s'était pas encore aventuré, *Monitor 79* dérivait lentement entre les orbites mêlées des astéroïdes. Durant trois ans, il avait accompli sans faille sa mission, ce qui était tout à fait à l'honneur des savants américains qui l'avaient mis au point, des ingénieurs anglais qui l'avaient construit et des techniciens russes qui l'avaient lancé.

Un fin réseau d'antennes filtrait le flot des émissions radio, les craquements et les sifflements de ce que Pascal, en des temps plus simples, avait naïvement appelé « le silence des espaces infinis ». Les détecteurs de radiations décelaient et analysaient en permanence le flux cosmique venu du centre de la Galaxie et d'au-delà. Des télescopes électroniques et à rayons X observaient des étoiles que jamais l'œil humain ne pourrait contempler. Des magnétomètres mesuraient les tempêtes et les ouragans venus du soleil, les tourbillons de plasma qui soufflaient sur les planètes à des millions de milles à l'heure. Tout cela, et bien d'autres choses encore était capté, enregistré par *Monitor 79* dans les cristaux de sa mémoire.

L'une de ses antennes, par un prodige de l'électronique, demeurait constamment orientée en direction d'un point proche du soleil. Parfois, à des mois d'intervalle, cette cible lointaine serait apparue à un œil humain comme une brillante étoile doublée d'une compagne plus pâle. La plupart du temps, cependant, elle était noyée dans le rayonnement solaire.

Toutes les vingt-quatre heures, *Monitor 79* envoyait à la Terre les informations qu'il avait emmagasinées, condensées en une impulsion radio de cinq minutes. A la vitesse de la lumière, celle-ci atteignait son but un quart d'heure après. Elle était alors amplifiée et enregistrée par des appareils qui l'ajoutaient aux milliers de milles de bandes magnétiques stockées dans le sous-sol du centre spatial mondial à Washington, Moscou et Canberra.

Depuis le lancement des premiers satellites, cinquante ans auparavant, des trillons, des quadrillons d'informations étaient venues de l'espace. Elles avaient été enregistrées en attendant le jour où elles pourraient contribuer au développement de la connaissance. Une fraction seulement de toutes ces informations serait jamais traitée, mais on ne pouvait savoir quels renseignements seraient utiles dans dix, cinquante ou cent ans. Ainsi l'on gardait tout. Les bandes, conservées dans des galeries climatisées, étaient reproduites en trois exemplaires. Elles faisaient partie du trésor de l'humanité et elles étaient plus utiles que tout l'or qui dormait dans les caves des banques.

Monitor 79 avait décelé quelque chose d'étrange, une émission faible mais parfaitement nette qui traversait le système solaire. Elle était tout à fait différente de ce qu'il avait déjà observé dans le champ des phénomènes naturels. Automatiquement, il en releva la direction, la durée et l'intensité. D'ici quelques heures, il transmettrait cette information à la Terre. Tout comme *Orbiter M 15*, qui tournait en deux jours autour de Mars, *Sonde 21* qui passait au-dessus de l'écliptique et même la *Comète Artificielle N° 5* qui se dirigeait vers les espaces déserts situés au-delà de l'orbite de Pluton et qui n'atteindrait pas le point extrême de sa course avant un millier d'années. Tous détectèrent le flux d'énergie qui affola les instruments, tous firent automatiquement leur rapport aux lointaines banques-mémoires de la Terre.

Les ordinateurs auraient pu ne pas établir de relation entre ces quatre émissions perçues par des sondes spatiales dont les orbites étaient séparées par des millions de milles, mais dès qu'il reçut le rapport du matin, le Central Prévisionniste de Goddard sut que quelque chose d'inhabituel avait traversé le systeme solaire durant les dernières vingt-quatre heures.

Il ne possédait qu'une partie du trajet suivi par l'émission. Pourtant, lorsque l'ordinateur eut projeté le tableau de position des planètes, le trajet total apparut aussi nettement qu'une traînée de condensation dans un ciel sans nuage ou qu'une trace de pas dans un champ de neige vierge. Un flux d'énergie laissant derrière lui un sillage de radiations avait quitté la Lune en direction des étoiles.

TROISIÈME PARTIE

ENTRE LES PLANÈTES

15

EXPLORATEUR 1

L'astronef n'avait quitté la Terre que depuis trente jours, pourtant David Bowman avait souvent du mal à croire qu'il ait jamais pu connaître autre chose que l'existence du petit monde qu'était *Explorateur 1*. Toutes ses années de formation et ses premières missions sur la Lune et sur Mars lui semblaient appartenir à la vie d'un autre homme.

Frank Poole éprouvait les mêmes sentiments et parfois, en plaisantant, il déplorait que le plus proche psychiatre fût à cent millions de milles de là. Mais il était relativement facile d'accepter cette impression d'isolement et d'étrangeté qui ne révélait absolument rien d'anormal. Jamais, depuis que les hommes s'étaient aventurés dans l'espace, un demi-siècle auparavant, une telle mission avait été mise sur pied.

Elle était née cinq ans plus tôt sous le nom de *Projet Jupiter.* Elle devait constituer la première exploration humaine vers la plus grosse planète du système solaire. L'astronef était pratiquement prêt pour ce voyage de deux années lorsque, brusquement, le but de la mission avait été changé. *Explorateur 1* irait bien jusqu'à Jupiter, mais il ne s'y arrêterait pas. Il ne réduirait même pas sa vitesse en croisant les satellites du système jovien. Bien au contraire, il utiliserait le champ gravifique de la planète géante comme une sorte de tremplin afin de s'éloigner encore du soleil. Telle une comète, *Explorateur 1* filerait vers les confins du système solaire, en direction de son but final : Saturne et ses anneaux prodigieux. Sans espoir de retour.

Pour *Explorateur 1,* en effet, il ne s'agirait que d'un voyage aller, mais son équipage n'avait nullement l'intention de se sacrifier. Si tout se passait bien, d'ici sept ans il devrait être de retour sur Terre. Sur ces sept années, cinq passeraient en un éclair dans le sommeil sans rêve de l'hibernation, en attendant les secours du second *Explorateur* qui, à l'heure actuelle, n'était pas encore construit.

Le mot « secours » était soigneusement évité dans les rapports et documents administratifs car il impliquait quelque faille dans le plan prévu. Le terme accrédité était « récupération ». Si le moindre incident survenait, il n'y aurait certainement aucun espoir de secours à un milliard de milles de la Terre.

C'était là un risque calculé, comme pour tous les voyages dans l'inconnu. Mais un demi-siècle de recherches avait prouvé que l'hibernation artificielle était un moyen sûr qui ouvrait aux voyages spatiaux des possibilités nouvelles. C'était pourtant la première mission où elle serait pleinement exploitée.

Les trois membres de l'équipe d'observation qui n'auraient aucun rôle à tenir jusqu'à ce que le vaisseau soit placé en orbite autour de Saturne dormiraient durant tout le voyage. Des tonnes de vivres seraient ainsi économisées et, ce qui était presque aussi important, les hommes seraient frais et dispos à leur réveil.

Au terme du voyage, *Explorateur 1* deviendrait une nouvelle lune de Saturne. Il suivrait une ellipse de deux millions de milles qui lui ferait frôler la planète géante et couper les orbites de ses principaux satellites. Les hommes disposeraient de cent jours pour étudier un monde qui avait quatre-vingts fois la surface de la Terre et autour duquel gravitaient quinze lunes dont la plus vaste était aussi grosse que la planète Mercure.

Saturne devait receler assez de prodiges pour occuper une expédition durant des siècles, mais cette première mission se bornerait à un simple travail de reconnaissance. Tous les relevés seraient transmis à la Terre et ainsi, même au cas où les explorateurs ne reviendraient jamais, leurs travaux ne seraient pas perdus.

Au bout de cent jours, *Explorateur 1* se rapprocherait de la planète. Tout l'équipage se remettrait en hibernation et seuls les systèmes essentiels du vaisseau continueraient de fonctionner sous la direction de l'infatigable cerveau électronique. *Explorateur 1* continuerait de tourner autour de Saturne selon une orbite si précise que les hommes pourraient le retrouver après mille années. Mais c'était au bout de cinq ans seulement, selon les plans prévus, qu'*Explorateur II* devrait arriver. Six, sept ou huit années de sommeil ; les passagers ne verraient pas la différence. Pour eux, le temps serait arrêté, ainsi qu'il s'était déjà arrêté pour Whitehead, Kaminski et Hunter.

Parfois, Bowman, en tant que commandant de bord, enviait ses trois collègues plongés dans l'inconscience glacée de l'hibernacle. Ils étaient libres de tous soucis, de toutes responsabilités. Jusqu'à ce qu'ils aient atteint Saturne, le monde extérieur, pour eux, n'existerait plus.

Mais ce monde veillait sur eux par l'intermédiaire de l'appareil bio-sensoriel. Au milieu des multiples instruments du tableau de contrôle central, cinq panneaux étaient marqués Hunter, Whitehead, Kaminski, Poole et Bowman. Ces deux derniers étaient obscurs ; ils n'entreraient pas en fonction avant un an. Mais des constellations de lueurs vertes apparaissaient sur les trois autres, annonçant que tout allait bien, et sur chaque panneau se trouvait un petit écran sur lequel des lignes sinuaient au rythme du pouls, de la respiration et de l'activité cérébrale.

A certains moments, bien qu'il sût que cela était inutile puisque l'alerte était automatiquement déclenchée en cas de défaillance, Bowman passait en observation audio et écoutait, à demi hypnotisé, les battements de cœur infiniment lents de ses collègues endormis, les yeux fixés sur les courbes des écrans. L'activité EEG était encore plus fascinante. Elle représentait en quelque sorte la signature électronique de trois personnalités qui avaient vécu et revivraient un jour prochain. Les pics et les vallées qui marquaient la carte du cerveau en état d'activité étaient ici presque absents. Si quelque trace de conscience subsistait au sein des cerveaux endormis, elle se trouvait au-delà de la portée des appareils, au-delà de la mémoire.

Bowman avait conscience de ce dernier fait de par son expérience personnelle. Avant qu'il eût été choisi pour cette mission, on avait enregistré ses réactions à l'hibernation. Depuis, il n'avait jamais su vraiment s'il avait perdu une semaine de son existence ou s'il avait retardé sa mort d'autant. Lorsque l'on avait fixé les électrodes sur son front, lorsque le générateur de sommeil était entré en action, il avait entrevu des formes kaléidoscopiques et des étoiles errantes. Puis tout avait disparu et les ténèbres l'avaient englouti. Il n'avait pas senti les piqûres, encore moins la première morsure du froid lorsque la température de son corps s'était abaissée jusqu'à un degré proche de la glaciation.

Il s'éveilla et eut l'impression d'avoir à peine fermé les yeux. Mais il savait que ce n'était qu'une impression. Pourtant, malgré lui, il ne pouvait s'empêcher de songer que des années s'étaient écoulées.

La mission avait-elle réussi ? Avaient-ils atteint Saturne, effectué leurs observations et plongé dans l'hibernation ? *Explorateur II* était-il prêt à les ramener vers la Terre ?

Il dérivait dans une brume de rêve, incapable de distinguer la réalité de ses faux souvenirs. Il ouvrit les yeux mais il y avait bien peu de choses à voir en dehors d'un amalgame de lueurs floues qui l'éblouirent durant quelques minutes. Puis il prit conscience qu'il fixait les lampes indicatrices du tableau de contrôle général de l'astronef. Mais il ne parvenait pas à les voir nettement et il abandonna très vite.

Un air tiède soufflait sur lui, revigorant ses membres paralysés par le froid. Il entendait une musique à la fois douce et stimulante qui devenait de plus en plus forte.

Puis une voix calme et amicale lui parla. Et il sut qu'elle provenait de l'ordinateur.

— Tu es en état d'activité, Dave. Ne te lève pas

et ne fait aucun mouvement violent. N'essaie pas de parler.

Ne pas se lever, se dit Bowman. Très drôle. Il ne pensait pas qu'il fût capable d'agiter un doigt. Pourtant, à sa grande surprise, il découvrit qu'il le pouvait. Et il en fut très satisfait tout en continuant de se sentir détaché, abasourdi. Il avait vaguement conscience que le vaisseau de récupération avait dû arriver, ce qui expliquait que le processus de résurrection fût entré en action. Très bientôt, il verrait à nouveau d'autres êtres humains. Tout cela était très bien mais ne l'excitait guère. Il avait faim. L'ordinateur, évidemment, avait prévu cela.

— Il y a un bouton à ta droite, Dave. Si tu as faim, appuie dessus.

Il obligea ses doigts à se tendre et découvrit bientôt le bouton. Il avait tout oublié. Pourtant, il aurait dû savoir que le bouton se trouvait là. Combien d'autres choses avait-il oubliées ? L'hibernation effaçait-elle les souvenirs ?

Il appuya. Il attendit. Après plusieurs minutes, un bras de métal se déploya et un biberon de plastique descendit jusqu'à ses lèvres. Il téta avec avidité et un liquide tiède et sucré coula dans sa gorge, lui apportant à chaque goulée une énergie nouvelle. Puis il disparut. Bowman demeura immobile. Mais il pouvait bouger bras et jambes, à présent. L'idée de déplacement n'était plus un rêve impossible.

Bien qu'il sentît affluer rapidement ses forces, il eût été heureux de rester ainsi pour l'éternité s'il n'avait perçu aucun stimulus de l'extérieur. Mais une voix nouvelle lui parlait, une voix totalement humaine, à présent, une voix qui n'était pas faite d'impulsions électriques assemblées par une mémoire supérieure. Elle était presque familière bien qu'il lui fût impossible de la reconnaître.

— Hello, Dave ! Tout va bien. Tu peux parler, maintenant. Sais-tu où nous sommes ?

Pour la première fois, il se mit à réfléchir à cela. Si vraiment ils tournaient autour de Saturne, que s'était-il passé sur Terre durant ces mois ? Il se demanda à nouveau s'il n'avait pas été frappé d'amnésie. Paradoxalement, cette pensée le rassurait : s'il parvenait à se souvenir du mot « amnésie », son cerveau devait être encore à peu près intact...

Mais il ignorait toujours où il se trouvait. Celui qui était à l'autre extrémité du circuit devait pourtant comprendre sa situation.

— Ne t'inquiète pas, Dave. C'est Frank Poole, ici. Je surveille ton cœur et ta respiration. Tout est parfaitement normal. Relaxe-toi, c'est tout. Maintenant, nous allons ouvrir la porte et t'éjecter.

Une douce clarté illumina la chambre. Il entrevit des silhouettes mouvantes et, en un instant, ses souvenirs revinrent. Et il sut exactement où il se trouvait. Bien qu'il eût franchi les plus lointaines limites du sommeil, les approches de la mort, il n'avait été absent qu'une semaine. En quittant l'hibernation, il ne pouvait voir l'espace saturnien qui était encore à plus d'un an dans l'avenir et à un milliard de milles dans l'espace. Il était toujours dans le complexe d'entraînement au centre spatial de Houston, sous le chaud soleil du Texas.

16

CARL

Mais à présent le Texas était invisible, de même que les Etats-Unis. Bien que le flux de plasma des moteurs eût été depuis longtemps coupé, *Explorateur 1* continuait de s'éloigner de la Terre comme une flèche de métal lancée vers les planètes extérieures, son destin fixé par le dispositif optique automatique qui le guidait.

Un unique télescope, cependant, demeurait en permanence orienté vers la Terre. Il était monté à la façon d'une lunette sur l'antenne principale et veillait à ce que le grand réflecteur parabolique fût constamment pointé sur sa cible. Aussi longtemps que la Terre demeurait au centre du viseur, le lien était maintenu et les messages circulaient au long du faisceau invisible qui, chaque jour, s'allongeait de plus de deux millions de milles. Une fois au moins à chacun de ses quarts, Bowman vérifiait l'alignement du télescope-antenne. La Terre, à présent, était dans le soleil et présentait son hémisphère obscur au vaisseau.

Sur l'écran, elle n'était plus visible que comme un fin croissant argenté que rien ne distinguait de Vénus. Il était impossible de déceler le plus infime détail géographique dans cet arc de lumière voilé de brume et de nuages, mais la zone obscure était fascinante avec les multiples points de lumière des villes dans la nuit qui brillaient parfois d'un éclat fixe ou clignotaient sous les turbulences de l'atmosphère.

Il y avait aussi des périodes où la Lune, passant et repassant sur les continents et les océans sombres, était comme un lampion géant. Bowman, alors, parvenait à déceler le tracé de quelque côte familière à la clarté spectrale du satellite. A d'autres moments, quand le Pacifique était calme, il pouvait même distinguer le reflet du clair de lune à sa surface et il se souvenait alors des nuits passées sous les palmiers au bord des lagons.

Pourtant, il ne regrettait en rien toutes ces merveilles perdues. Il avait profité de ses trente-cinq années de vie et il était bien décidé à en profiter à nouveau, lorsqu'il reviendrait, riche et célèbre. La distance rendait toute chose infiniment plus précieuse.

Le sixième membre de l'équipage se souciait bien peu de tout cela, car il n'était pas humain. Il s'agissait de CARL 9 000, l'ordinateur le plus perfectionné qui fût, cerveau et système nerveux de l'astronef.

Carl (sigle de son appellation officielle : *Cerveau*

Analytique de Recherche et de Liaison) était le chef-d'œuvre de la troisième génération des ordinateurs. Ces générations semblaient se renouveler tous les vingt ans et la simple pensée que la quatrième était imminente semblait contrarier beaucoup de gens.

La première génération remontait à 1940. A cette époque, le tube sous vide avait rendu possible la création d'idiots électroniques tels que ENIAC et ses descendants. Et puis, en 1960, la micro-électronique avait connu sa grande période de développement. Avec elle, il apparaissait clairement que des cerveaux artificiels aussi puissants que celui de l'homme et de format réduit pouvaient être créés si l'on savait comment s'y prendre.

Nul ne devait probablement jamais le savoir et ce fut sans grande importance car, en 1980, Minsky et Good démontrèrent que les réseaux nerveux pouvaient être créés automatiquement — autoengendrés — selon n'importe quel programme d'instruction arbitraire. Ainsi, on pouvait obtenir des cerveaux artificiels selon un procédé analogue à celui qui aboutissait au cerveau humain. Les détails de cette conception resteraient toutefois à jamais inconnus. Ils étaient de toute façon des millions de fois trop complexes pour être accessibles à la compréhension humaine. Mais quel que fût le principe de base, le résultat était une machine capable de reproduire — certains philosophes préféraient dire : « imiter » — la plupart des activités du cerveau humain, plus rapidement et plus sûrement. Cela revenait très cher et, jusqu'à présent, quelques modèles seulement de CARL 9 000 avaient été construits.

Carl avait été entraîné aussi sévèrement que ses compagnons humains en vue de cette mission. Il avait un avantage sur eux, en plus de sa vitesse d'assimilation : il ne dormait jamais. Sa tâche principale était de contrôler les systèmes vitaux, de vérifier en permanence la pression d'oxygène, la température, l'étanchéité, le taux de radiations et les multiples facteurs dont dépendaient les fragiles existences humaines. Il lui fallait également opérer les complexes corrections de navigation et les manœuvres qui seraient nécessaires lorsqu'il faudrait modifier le cap. Il était également capable de surveiller les hibernateurs, d'opérer toute modification dans leur milieu et de régler les dosages précis des liquides injectés aux dormeurs par voie intraveineuse.

Les premières générations d'ordinateurs avaient été éduquées à partir de claviers semblables à ceux de machines à écrire et avaient répondu par l'entremise d'écrans et de téléscripteurs ultra-rapides. Carl pouvait opérer ainsi lorsque cela était nécessaire mais, en général, il communiquait avec ses compagnons par la parole. Poole et Bowman s'adressaient à lui comme à un être humain et il leur répondait dans l'anglais idiomatique qui lui avait été enseigné durant son enfance électronique.

Quant à savoir s'il était réellement doué de pensée, la question avait été résolue dans les années 40 par le mathématicien britannique Alan Turing. Turing avait déclaré que si un homme était capable de converser longuement avec un ordinateur — peu importait que ce fût par l'intermédiaire d'un clavier ou d'un micro — sans distinguer de réelle différence entre ses réponses et celles que tout homme aurait pu donner, alors cet ordinateur *pensait* vraiment, selon l'exacte définition du terme. Carl eût passé facilement le test de Turing. Il pouvait même, s'il en était besoin, assurer le commandement du vaisseau. En cas d'urgence, si nul ne répondait à ses signaux, il pouvait réanimer les hommes endormis par stimulation chimique ou électrique. S'ils ne réagissaient pas, il devait demander de nouvelles instructions par radio à la Terre. Et s'il n'obtenait aucune réponse, il était alors libre de prendre toute mesure qu'il pouvait juger nécessaire pour assurer la sauvegarde du vaisseau et la réussite d'une mission dont lui seul connaissait le but véritable que ses compagnons humains étaient bien loin de soupçonner.

En plaisantant, Poole et Bowman se considéraient souvent comme des concierges ou des intendants à bord de ce vaisseau capable de se diriger par lui-même. Ils auraient été bien étonnés et sans doute indignés de découvrir qu'ils n'étaient pas très éloignés de la vérité.

17

CROISIERE

Le programme de la vie quotidienne à bord avait été mis sur pied avec beaucoup de soin et — théoriquement du moins — Bowman et Poole savaient heure par heure ce qu'ils avaient à faire. Leur vie était réglée selon deux quarts de vingt heures chacun qu'ils prenaient à tour de rôle sans jamais dormir tous deux en même temps. L'officier de quart devait demeurer sur la passerelle de contrôle tandis que son second inspectait le vaisseau et assurait les diverses tâches qui s'avéraient nécessaires lorsqu'il ne se relaxait pas dans son habitacle.

Bien que Bowman fût officiellement commandant durant cette phase de la mission, un observateur extérieur n'aurait pu le deviner. Les deux hommes échangeaient totalement leur rôle, leur grade et leurs responsabilités toutes les vingt heures. Cela leur assurait un entraînement maximum, diminuait les risques de friction et augmentait considérablement l'efficacité du travail.

Le quart de Bowman commençait à 600, selon l'horaire du vaisseau basé sur le temps astronomique. S'il était en retard, Carl disposait d'un choix appréciable de sonneries, carillons et bourdonnements pour le rappeler à son devoir. Mais jamais il n'avait eu à s'en servir. Poole avait une fois fait l'essai et débranché le circuit : Bowman s'était quand même réveillé à l'heure.

Son premier devoir était d'avancer le Programmateur d'Hibernation de douze heures. Si par deux fois au cours d'un quart cette opération n'était pas exécutée, Carl devait s'assurer de la neutralisation des deux hommes et prendre les mesures qui s'imposaient.

Bowman procédait ensuite à sa toilette et à ses exercices physiques avant de prendre son petit déjeuner tout en consultant l'édition du matin du *World Times* transmise par radio depuis la Terre. Jamais il ne s'y était intéressé autant qu'à présent. Les plus vagues rumeurs politiques, les plus ternes ragots captaient son intérêt.

A 700 il relevait officiellement Poole sur la passerelle et lui apportait un tube de café. Si — comme c'était en général le cas — il n'y avait aucun rapport à faire, aucune décision à prendre, il se livrait à un examen général des appareils et des instruments et procédait à une série de vérifications destinées à révéler de possibles défaillances. A 1 000 il avait fini et passait en phase d'étude.

Bowman avait été étudiant durant la moitié de son existence et il continuerait sans doute à l'être jusqu'à sa retraite. La révolution de l'information et de l'éducation lui avait permis d'acquérir des connaissances équivalant à deux ou trois programmes d'études supérieures et, ce qui était plus important, d'en conserver 90 pour 100 en mémoire.

Cinquante ans auparavant, il eût été considéré comme un spécialiste en astronomie, cybernétique et propulsion spatiale, pourtant il était prêt à nier sincèrement qu'il pût être un spécialiste en quelque discipline que ce fût. Jamais il n'avait pu se concentrer sur tel ou tel sujet en particulier. En dépit des avertissements de ses maîtres, il avait insisté pour choisir un Premier Degré en Astronomie Générale, discipline qui était le comble du vague et du flou, réservée à ceux dont le quotient intellectuel se traînait au-dessous dc 130 et qui n'avaient plus aucun espoir d'atteindre le sommet dans leur branche.

Ç'avait été une sage décision. Le fait même de refuser toute spécialisation l'avait désigné pour cette mission. De la même façon, Frank Poole — qui s'intitulait parfois « Praticien en Biologie Spatiale Générale » — était un second idéal. A eux deux, avec l'aide de la vaste mémoire de Carl, ils pouvaient venir à bout de n'importe quel problème susceptible de surgir durant le voyage pour autant que leurs esprits demeurent réceptifs et alertes et leur mémoire intacte.

Aussi, durant deux heures, de 1 000 à 1 200, Bowman devait-il dialoguer avec le tuteur électronique. Ce dialogue était destiné à vérifier ses connaissances générales et celles qui concernaient plus particulièrement la mission. Sans cesse, il se penchait sur les plans du vaisseau, les diagrammes des circuits et les cartes des orbites, sur tout ce qui touchait à Jupiter, Saturne et leurs lunes. A midi, il se retirait dans le carré et abandonnait le vaisseau à Carl pour préparer le déjeuner. Il ne perdait pas pour autant le contact puisque la petite pièce comportait une réplique du tableau situationnel et que Carl pouvait l'appeler à tout moment. Poole le rejoignait pour le repas avant de se retirer à nouveau pour ses six heures de sommeil. En général, ils regardaient ensemble les programmes de TV retransmis depuis la Terre.

Leurs menus avaient été établis avec le soin qui caractérisait toute la mission. Les aliments, pour la plupart surgelés, étaient excellents et ils avaient été choisis de manière à occasionner un minimum d'ennuis. Il suffisait d'ouvrir les paquets et d'en déposer le contenu dans le petit autocuiseur qui signalait la fin de la cuisson. Steaks, côtelettes, rôtis, légumes, œufs (durs, au plat, brouillés, etc.), fruits, jus d'orange, ice-creams, tout cela avait le goût correspondant au nom et, ce qui était encore plus important, l'aspect. Il y avait même du pain frais.

Après le repas, de 1 300 à 1 600, Bowman inspectait minutieusement le vaisseau, ou du moins la partie accessible. *Explorateur 1* mesurait près de 120 mètres d'une extrémité à l'autre mais le petit univers des deux hommes se limitait à une sphère de douze mètres de diamètre. Là se trouvaient tous les systèmes destinés au maintien de la vie et la passerelle de contrôle qui était le cœur du vaisseau. Sous la sphère était aménagé un petit garage spatial pourvu de trois sas destinés à larguer des capsules autonomes assez grandes pour abriter un homme et capables de se déplacer dans le vide pour toute mission à l'extérieur de l'astronef.

La région équatoriale de la sphère — entre les tropiques du Capricorne et du Cancer, si l'on veut — abritait un cylindre de dix mètres de diamètre qui tournait lentement sur lui-même. Sa lente rotation — à raison d'un tour toutes les dix secondes — suffisait à entretenir une pesanteur artificielle égale à celle de la Lune. Ce qui était suffisant pour éviter l'atrophie physique pouvant résulter d'une totale absence de gravité et pour permettre aux fonctions habituelles de s'opérer dans des conditions presque normales.

Ce cylindre renfermait la cuisine, le carré et les toilettes. C'était seulement là que l'on pouvait préparer des boissons chaudes sans risquer d'être brûlé par une bulle d'eau bouillante, que l'on pouvait se raser sans être entouré de poils à la dérive.

Cinq habitacles avaient été aménagés sur la périphérie du carrousel. Chaque astronaute pouvait y ranger ses affaires personnelles mais seuls ceux de Poole et Bowman étaient utilisés pour le moment, bien sûr. Les trois autres demeuraient vides dans l'attente de leurs futurs occupants encore endormis.

Il était possible, si on le désirait, d'interrompre la rotation du carrousel. Mais, normalement, le cylindre tournait à vitesse constante et l'on y pénétrait facilement par le centre, où régnait l'apesanteur, pour se déplacer ensuite vers la périphérie, ce qui n'offrait pas plus de difficultés que de monter dans un ascenseur.

La sphère d'habitation constituait la pointe d'une sorte de flèche à la forme imprécise. *Explorateur 1,* à l'image de tous les astronefs destinés aux explorations lointaines, était trop fragile et pas assez aérodynamique pour pénétrer dans une atmosphère planétaire, pas plus qu'il n'aurait pu résister à un champ gravifique. Il avait été construit en orbite autour de la Terre, essayé sur un trajet Terre-Lune. C'était un véhicule purement spatial.

Immédiatement derrière la sphère étaient groupés quatre énormes réservoirs d'hydrogène. A leur suite, formant un V immense, se trouvaient les ailerons munis d'évents qui permettaient de chasser la chaleur en excédent provenant des moteurs. Le fin réseau des canalisations de refroidissement leur donnait l'aspect d'ailes de libellule géante et, sous certains angles, *Explorateur 1* évoquait un ancien vaisseau des mers.

L'enfer du réacteur principal, dûment isolé, et le complexe des électrodes qui canalisaient le flux incandescent du plasma se trouvaient à l'extrémité du V, à cent mètres de la sphère d'habitation. Ils avaient fourni le gros de leur travail des semaines auparavant, lorsque l'astronef avait quitté son orbite lunaire. A présent, le réacteur ne fonctionnait plus que de temps en temps, brièvement, afin de fournir la faible énergie nécessaire à la vie interne du vaisseau. Les grands ailerons de propulsion qui étaient portés au rouge lors des périodes d'accélération étaient actuellement sombres et froids.

Bien que des sorties dans l'espace fussent nécessaires pour des inspections détaillées de cette région de l'astronef, les instruments et les caméras indiquaient en permanence les conditions qui y régnaient. Bowman avait l'impression de connaître intimement le moindre centimètre carré des panneaux, radiateurs et canalisations qui composaient cet univers.

A 1 600, il achevait son inspection et faisait un rapport détaillé au Contrôle de Mission terrestre. Il ne s'interrompait qu'à l'accusé de réception. Il branchait alors son propre enregistreur, écoutait le message de la Terre et répondait éventuellement aux questions qui lui étaient posées. A 1 800, Poole s'éveillait et il lui passait le commandement.

Il disposait alors de six heures qu'il pouvait employer comme il le désirait. Il étudiait, écoutait de la musique ou regardait des films. La plupart du temps, il explorait l'inépuisable bibliothèque électronique du vaisseau. Il avait commencé à se captiver pour les grandes explorations du passé, ce qui était assez compréhensible dans ces circonstances. Il suivait Pythéas au-delà des Colonnes d'Hercule, longeait les côtes d'une Europe à peine sortie de l'Age de Pierre et se lançait dans les brumes glacées de l'Arctique. Ou bien, deux mille ans après, il coursait les galions de Manille avec Anson, voguait en compagnie de Cook dans les dangers inconnus des récifs de la Grande Barrière ou accomplissait avec Magellan le premier tour du monde. Il s'était mis à lire l'*Odyssée* qui, entre tous les livres, l'emportait le plus loin dans les gouffres du temps.

Pour se distraire, il pouvait affronter Carl en de nombreux jeux à base mathématique tels que les échecs ou les polydominos. En utilisant toutes ses ressources, Carl pouvait gagner toutes les parties, mais cela n'eût pas été bon pour le moral et il avait été programmé pour un maximum de cinquante pour cent de victoires, ce que ses adversaires humains affectaient d'ignorer.

Les dernières heures de la journée, pour Bowman, étaient consacrées au nettoyage général et à de petites besognes. Ensuite, il y avait le repas de 2 000 qu'il partageait à nouveau avec Poole. Puis, dans l'heure suivante, il pouvait échanger des messages personnels avec la Terre.

Bowman, à l'exemple de tous ses collègues, n'était pas marié. Il n'était pas question de choisir un homme chargé de famille pour une aussi longue mission. Bien qu'il se fût trouvé de nombreuses épouses pour promettre d'attendre le retour de leurs époux, nul ne les avait vraiment crues.

Au début du voyage, Poole et Bowman avaient échangé des propos intimes avec la Terre au moins une fois par semaine, bien que la certitude d'être entendus par des oreilles étrangères eût tendance à les gêner quelque peu. Maintenant, alors que le voyage était pourtant à peine entamé, la fréquence de leurs conversations avec des filles diminuait déjà, de même que le ton se faisait moins tendre. Ils avaient prévu cela : il en était des astronautes comme des marins. Mais il était vrai et même notoire que les marins avaient des compensations dans d'autres ports. Malheureusement, il n'existait pas la moindre île tropicale peuplée de sirènes au large de l'orbite de la Terre. Les médecins spatiaux, bien entendu, s'étaient attaqués à ce problème avec leur habituel enthousiasme et la pharmacopée du vaisseau recelait des substituts efficaces bien que peu séduisants.

Avant d'achever sa journée, Bowman faisait un

dernier rapport et vérifiait que Carl avait bien transmis tous les relevés. Puis, s'il le désirait, il pouvait encore lire ou regarder un film. Ensuite, il s'endormait, en général sans recourir à l'électro-narcose.

La journée de Poole était l'exact reflet de la sienne et les quarts se succédaient sans friction. Ils étaient constamment occupés, trop intelligents et trop bien adaptés pour se quereller. Le voyage suivait une routine confortable, exempte de toute surprise. L'écoulement du temps n'était marqué que par le défilement des chiffres sur les horloges du bord.

Le plus cher espoir de l'équipage de *Explorateur 1* était que rien ne vînt troubler cette monotonie paisible durant les semaines et les mois à venir.

18

DANS LE CHAMP DES ASTEROIDES

Semaine après semaine, suivant son orbite comme un train suit les rails, *Explorateur 1* s'éloignait de la Terre en direction de Jupiter. A la différence des navires qui cinglaient sur les mers terrestres, il n'avait pas besoin de la plus infime modification de cap. Son trajet avait été fixé en fonction des lois de la gravitation universelle et il ne risquait pas de rencontrer de tourbillons ni de récifs. Il n'existait pas non plus le plus petit risque de collision avec un autre vaisseau car il ne s'en trouvait aucun — du moins aucun fait de la main de l'homme — entre lui et les plus lointaines étoiles.

Pourtant, l'espace dans lequel il pénétrait maintenant était loin d'être vide. Le *no man's land* qu'il s'apprêtait à franchir était sillonné des orbites de plus d'un million d'astéroïdes dont dix mille seulement étaient connus des astronomes terrestres. Quatre de ces astéroïdes avaient plus de cent milles de diamètre. La majorité d'entre eux n'étaient que des rocs géants éternellement dans le vide. Il n'existait pas de défense contre eux. Le plus minuscule pouvait détruire totalement le vaisseau en le heurtant à une vitesse de quelques dizaines de milliers de milles à l'heure, mais le risque était négligeable. Il existait en moyenne un seul astéroïde par million de milles cubiques. Le fait que l'astronef pût occuper le même emplacement au même moment était si improbable qu'il n'effleurait même pas les préoccupations de Poole et Bowman.

Au jour 86, ils étaient censés s'approcher à une distance minimale d'un astéroïde qui n'avait pas de nom mais seulement un chiffre : 7 794. Ce n'était qu'un rocher de cent mètres de diamètre qui avait été détecté une seule fois en 1997 par l'observatoire lunaire et dont seuls les minutieux ordinateurs se souvenaient.

Lorsque Bowman prit son quart, Carl lui rappela immédiatement cette rencontre bien qu'il fût improbable qu'il l'eût oubliée puisqu'il s'agissait du seul événement marquant prévu durant tout le voyage. Le déplacement de l'astéroïde sur le fond stellaire ainsi que ses coordonnées d'approche avaient déjà été projetés sur les écrans. Figurait également la liste des observations à faire ou à tenter. Les tâches ne manqueraient guère jusqu'à ce que 7 794 passe à moins de 900 milles de *Explorateur 1*, à une vitesse proche de 80 000 milles à l'heure.

Bowman demanda la vision télescopique à Carl et il vit apparaître une pâle étoile. Rien qui pût indiquer qu'il s'agissait d'un astéroïde. L'image, même grossie au maximum, ne révélait qu'un point de lumière.

— Réticule de visée, demanda Bowman.

Immédiatement, quatre lignes apparurent autour de la minuscule étoile. Bowman resta en contemplation durant plusieurs minutes, se demandant si Carl avait pu commettre une erreur. Puis il s'aperçut que l'étoile se déplaçait selon un mouvement presque imperceptible. Elle pouvait se trouver encore à plus d'un million de milles, mais le fait qu'il pût la voir bouger prouvait qu'elle était très proche, à l'échelle stellaire.

Lorsque Poole le rejoignit sur la passerelle six heures plus tard, 7 794 était des centaines de fois plus brillant et il se déplaçait si rapidement qu'il ne pouvait plus subsister le moindre doute quant à son identité. De plus, il n'apparaissait plus comme un simple point de lumière mais sous l'aspect d'un petit disque pâle.

Ils contemplèrent ce caillou voyageant dans le ciel avec l'émotion qu'avaient dû éprouver les marins observant au cours d'un long voyage une côte qu'ils ne pouvaient aborder. Ils savaient que 7 794 n'était qu'un fragment de roc dépourvu d'air et de vie, mais cela n'affectait en rien leurs sentiments. C'était la seule matière solide qu'ils rencontreraient avant d'atteindre Jupiter, à deux cents millions de milles de là.

Le télescope ultra-puissant leur révéla la forme irrégulière de 7 794 qui tournait lentement sur lui-même. Il apparaissait parfois comme une sphère aplatie, parfois comme une sorte de coque grossière. Sa période de rotation n'était que de deux minutes. Des zones d'ombre et de lumière ocellaient sa surface, apparemment distribuées au hasard, et scintillant au rythme des cristaux qui présentaient tour à tour leurs facettes au soleil.

L'astéroïde voyageait à près de trente milles par seconde et ils ne disposaient que de quelques minutes pour l'observer de près. Les appareils automatiques prirent des dizaines de clichés et les échos-radars furent soigneusement enregistrés en vue d'analyses futures. Et il ne leur resta plus que le temps nécessaire à un seul sondage direct.

La sonde n'emportait aucun instrument car aucun n'aurait pu résister à une telle collision. Il s'agissait simplement de lancer un projectile de métal destiné à heurter l'astéroïde dans sa course.

Quelques secondes avant l'impact, Poole et Bowman se tinrent prêts, attentifs, tendus. Cette expérience, bien que simpliste, permettrait de vérifier la précision de leurs équipements. Ils avaient en fait visé une cible de quelques dizaines de mètres qui se trouvait à des milliers de kilomètres...

Sur la région obscure de l'astéroïde, il y eut

soudain une éblouissante explosion de lumière. Le petit projectile métallique était arrivé à la vitesse d'une météorite et, en une fraction de seconde, toute son énergie s'était transformée en chaleur. Un jet de gaz incandescents apparut brièvement dans l'espace et, à bord de l'astronef, les instruments enregistrèrent le spectre tôt évanoui que des experts analyseraient sur Terre, lisant à livre ouvert dans l'embrasement des atomes. Ainsi, pour la première fois, on connaîtrait la composition de la croûte d'un astéroïde.

En une heure, 7 794 redevint une étoile. Lorsque Bowman prit son quart, il avait totalement disparu.

Ils étaient de nouveau seuls et ils le resteraient jusqu'à ce qu'apparaissent les satellites extérieurs de Jupiter. Mais ce ne serait pas avant trois mois.

19

AU LARGE DE JUPITER

Même à vingt millions de milles, Jupiter était l'objet le plus apparent du ciel. La planète avait l'aspect d'un disque pâle, de couleur saumon, à peu près grand comme la Lune vue de la Terre. Les bandes sombres et parallèles correspondant à la ceinture des nuages étaient parfaitement visibles. Les étoiles brillantes qui étaient Io, Europe, Ganymède et Callisto passaient et repassaient dans le plan équatorial. Chacun de ces satellites, de par son importance, aurait pu être un monde à lui seul.

Au télescope, le spectacle était prodigieux. Jupiter était un globe multicolore et ocellé qui emplissait tout l'espace. Il était impossible de se faire une idée de ses dimensions. Bowman ne cessait de se répéter qu'il avait onze fois le diamètre de la Terre, mais cela n'était qu'un rapport sans réelle signification.

Et puis, en parcourant les informations contenues dans les bandes mémorielles de Carl, l'échelle véritable de ce monde lui apparut enfin avec évidence. Une image représentait la surface déployée de la Terre projetée sur le disque de Jupiter. Tous les continents et les océans ne semblaient pas, sur la planète géante, plus importants que l'océan Indien sur Terre. En poussant au maximum le grossissement des télescopes, Bowman avait l'impression de dominer un globe légèrement aplati dont les nuages s'étaient rassemblés en longues bandes sous l'effet de la rotation rapide. Parfois, ces bandes se concentraient en tourbillons de vapeurs colorées qui avaient les dimensions d'un continent. Parfois encore, elles étaient reliées par des ponts éphémères longs de milliers de milles. La matière cachée sous ces brumes pesait plus, à elle seule, que l'ensemble des planètes du système solaire. Mais qu'y avait-il d'autre, caché là ? se demandait Bowman.

Sur ce toit sans cesse changeant de nuages qui dissimulait en permanence la véritable surface, des formes sombres jouaient parfois lorsqu'une lune passait, projetant son ombre.

Il y avait encore bien d'autres lunes plus petites au large de Jupiter, à vingt millions de milles. Ce n'étaient guère que des montagnes à la dérive dont le diamètre n'excédait jamais deux milles et l'astronef ne passerait pas à proximité. Le radar, pourtant, continuait d'envoyer régulièrement une silencieuse pulsation d'énergie, mais nul écho ne lui revenait plus du vide.

Ce qu'ils percevaient de plus en plus fort, par contre, c'était le rugissement radio de Jupiter. En 1955, peu avant le début de l'Age Spatial, les astronomes avaient été étonnés de découvrir que Jupiter émettait sur une puissance considérable dans la bande des dix mètres. C'était un simple bruit auquel se mêlait l'écho des particules qui entouraient la planète tout comme la ceinture de Van Allen entoure la Terre.

Parfois, durant ses veilles solitaires sur la passerelle de contrôle, Bowman écoutait le chant des radiations. Il augmentait le volume jusqu'à ce que la pièce fût emplie de rugissements, de craquements et de sifflements. Sur ce fond, à intervalles réguliers, se détachaient des sons aigus pareils à des cris d'oiseaux perdus. L'ensemble était effrayant, sans rien d'humain. C'était aussi abstrait que le murmure des vagues sur une plage ou le roulement lointain du tonnerre sur l'horizon.

Même à sa vitesse présente qui était supérieure à cent mille milles à l'heure, il faudrait encore deux semaines à *Explorateur 1* pour franchir toutes les orbites des lunes joviennes. Jupiter comptait plus de satellites que le soleil ne compte de planètes. L'observatoire lunaire en découvrait chaque année de nouveaux et leur nombre atteignait maintenant trente-six. Le plus lointain, Jupiter XXVII, se déplaçait à contresens sur une orbite instable qui l'emmenait à dix-neuf millions de milles de sa planète maîtresse. Il était le résultat de la lutte perpétuelle que se livraient Jupiter et le soleil, la planète géante capturant les astéroïdes de la ceinture pour les libérer au bout de quelques millions d'années. Seuls ses plus proches satellites constituaient une propriété permanente que jamais le soleil ne pourrait lui disputer.

Explorateur 1, qui s'approchait de Jupiter selon une orbite complexe déterminée des mois auparavant par les astrophysiciens terrestres et sans cesse contrôlée par Carl, était à présent une proie nouvelle pour le champ gravifique de la planète. De temps à autre, des poussées presque imperceptibles des fusées correctrices, déclenchées automatiquement, effectuaient d'infimes modifications de cap. En un flot régulier, les informations filaient vers la Terre au long du lien radio. L'astronef était maintenant si loin que, même à la vitesse dc la lumière, ses signaux n'arrivaient qu'après cinquante minutes. Le monde entier veillait sur les deux hommes et regardait pratiquement pardessus leur épaule. Jupiter se faisait de plus en plus proche, et pourtant il fallait presque une heure pour que les messages arrivent à destination.

Les caméras télescopiques filmaient sans cesse tandis que le vaisseau franchissait les orbites des grands satellites. Trois heures avant de frôler Jupiter, *Explorateur 1* passa à moins de vingt mille milles d'Europe et tous les instruments furent braqués sur ce monde inconnu qui approchait, grossissait, globe plein puis croissant, dérivant vers le soleil. Quatorze millions de milles carrés que jamais le plus puissant des télescopes terrestres n'avait pu contempler. Le vaisseau passerait au large en quelques minutes seulement et les deux hommes devraient retirer un maximum de cette rencontre en enregistrant toutes les informations possibles. Il faudrait ensuite des mois pour les examiner en détail.

A cette distance, Europe ressemblait à une grosse boule de neige. Il reflétait la clarté du soleil avec une intensité surprenante. Des observations précises confirmèrent que, à la différence de la Lune poussiéreuse, Europe était d'un blanc brillant. Sa surface était couverte de formes scintillantes rappelant des icebergs. Ceux-ci devaient très certainement être formés d'eau et d'ammoniac épargnés par l'attraction de Jupiter. Le rocher nu n'apparaissait qu'à proximité de l'Equateur. Là se trouvait un territoire sombre ceinturant complètement le petit monde, invraisemblable désert d'éboulis et de canyons. Quelques cratères dus à des impacts étaient visibles mais aucun qui révélât une trace d'activité volcanique. Il était évident que Europe n'avait jamais possédé de source de chaleur interne.

Ainsi qu'on le savait depuis longtemps, il existait une légère atmosphère. Lorsque le satellite se détacha comme un disque noir devant une étoile, il y eut un bref scintillement immédiatement avant l'occultation. En quelques endroits des nuages ténus apparaissaient. Sans doute s'agissait-il de brumes formées de gouttelettes d'ammoniac dérivant au gré des faibles brises de méthane.

Aussi rapidement qu'il était apparu dans le ciel, Europe glissa vers l'est. Jupiter n'était plus maintenant qu'à deux heures de voyage. Carl avait vérifié plusieurs fois l'orbite du vaisseau avec un soin électronique et aucune correction de cap ne serait plus nécessaire jusqu'au moment où le vaisseau serait au plus près de la planète. Il était pourtant difficile de ne pas avoir les nerfs tendus en observant le gigantesque globe qui grossissait de minute en minute. On avait très nettement l'impression que le vaisseau plongeait droit sur lui et que la formidable pesanteur allait le précipiter vers une inéluctable destruction.

A présent, il était temps de larguer les sondes atmosphériques qui, on l'espérait, résisteraient assez longtemps pour transmettre des informations de dessous la couche de nuages.

Les deux sondes, deux capsules trapues qui évoquaient des bombes, protégées par des écrans antifriction, furent bientôt placées sur leurs orbites qui, durant les premiers milliers de milles, se différenciaient à peine de celle de *Explorateur 1*. Mais peu à peu elles prirent le large. L'œil le moins expérimenté pouvait maintenant vérifier que Carl ne s'était pas trompé : l'astronef allait passer au large de Jupiter, il ne s'y écraserait pas. Il s'en faudrait d'un rien mais, lorsqu'on avait affaire à un monde de quatre-vingt-dix mille milles de diamètre, c'était suffisant.

Jupiter emplissait à présent tout l'espace. Il était si vaste que l'œil pas plus que l'esprit ne pouvait vraiment l'appréhender. Bowman aurait pu croire qu'ils survolaient un plafond de nuages sur la Terre s'il n'y avait eu l'extraordinaire variété des couleurs : rouges, jaunes, saumon et écarlates. Pour la première fois depuis le départ, ils allaient maintenant perdre de vue le soleil. De plus en plus petit et pâle, il avait été le fidèle compagnon du vaisseau depuis cinq mois. Maintenant, ils allaient plonger dans l'ombre de Jupiter et contourner la face obscure. A mille milles de là, le crépuscule se ruait sur eux. Le soleil s'enfonçait rapidement derrière les nuages de Jupiter et ses rayons étaient comme deux cornes flamboyantes qui bientôt se contractèrent et moururent en un bref et prodigieux éclat de coloris. La nuit était venue.

Pourtant, le monde immense qui se déployait sous le vaisseau n'était pas totalement obscur. Il baignait dans une sorte de phosphorescence qui se faisait plus intense de minute en minute, comme le regard s'accoutumait. De minces veinules de lumière allaient d'un horizon à un autre, évoquant le sillage des navires sur les mers tropicales. Çà et là, elles se rassemblaient en mares de feu liquide, tremblant au rythme des trépidations venues du cœur lointain de la planète. Poole et Bowman auraient pu contempler ce spectacle durant des heures. Etait-ce là le résultat des forces chimiques et électriques qui s'affrontaient dans cet incroyable chaudron ou la révélation de quelque forme de vie ? Les savants discuteraient encore certainement de ce problème quand le siècle qui venait de naître toucherait à son terme.

Tandis qu'ils plongeaient au plus profond de la nuit de Jupiter, la clarté se faisait plus intense. Bowman avait une fois survolé le Canada du Nord durant une heure boréale et le paysage enneigé avait été aussi blanc et luisant que celui qu'il découvrait maintenant. Pourtant, la température de Jupiter était encore inférieure de quelques centaines de degrés à celles que connaissaient les étendues gelées du Grand Nord.

— Les signaux en provenance de la Terre faiblissent rapidement, annonça Carl. Nous pénétrons dans la zone de diffraction.

L'événement avait été prévu et il constituait en fait l'un des buts de la mission. L'absorption momentanée des ondes radio par l'atmosphère de Jupiter apporterait des informations valables sur sa composition. Mais les deux hommes, soudain isolés derrière la planète géante, coupés de la Terre, éprouvèrent une brutale impression de solitude. Le silence ne durerait qu'une heure, après quoi ils échapperaient à l'écran de Jupiter et le contact serait rétabli, mais ce serait l'heure la plus longue qu'ils aient connue.

Malgré leur âge, Poole et Bowman étaient deux vétérans de l'espace puisqu'ils totalisaient une douzaine de missions chacun. Pourtant, ils avaient le sentiment d'être des novices en cet instant. Jamais aucun astronef n'avait atteint une telle vitesse, jamais il n'avait affronté un champ gravifique aussi intense. La moindre erreur de navigation au point critique et *Explorateur 1* partirait à la dérive vers les limites du système solaire, hors d'atteinte de tout secours.

Lentement, les minutes s'écoulèrent. Jupiter était maintenant une muraille phosphorescente qui escaladait l'infini. Et le vaisseau n'en finissait plus de monter au long de cette surface lumineuse. Il allait bien trop vite pour que la planète pût le capturer, mais on avait malgré tout peine à croire que *Explorateur 1* n'était pas devenu un satellite de ce monde monstrueux.

Enfin, un arc de lumière se profila à l'horizon. Bientôt, ils émergeraient dans le soleil. Presque au même instant, Carl annonça :

— Je suis de nouveau en contact avec la Terre. De plus, j'ai la joie de vous annoncer que la manœuvre a parfaitement réussi. Nous sommes actuellement à cent soixante-sept jours cinq heures et onze minutes de Saturne.

L'écart avec les prévisions était inférieur à une

minute. L'orbite avait été calculée avec une impeccable précision. Pareil à une boule de billard cosmique, *Explorateur 1* avait rebondi sur le champ gravifique de Jupiter et gagné de la vitesse. Sans dépenser de carburant, il venait d'accélérer de quelques milliers de milles par heure. Pourtant, les lois de la mécanique n'avaient en rien été violées. La nature assure son équilibre et Jupiter, dans le même temps, venait de perdre autant de vitesse qu'en avait gagné l'astronef. Cependant sa masse était des milliards de fois supérieure à celle de *Explorateur 1* et nul instrument n'aurait pu déceler l'infime ralentissement de sa période de rotation. Le temps n'était pas encore venu où l'homme pourrait laisser son empreinte dans le système solaire.

Comme la lumière grandissait autour d'eux et que le soleil réapparaissait dans le ciel de Jupiter, Poole et Bowman se serrèrent la main en silence. Ils s'étaient acquittés sains et saufs de la première partie de leur mission, mais ils ne pouvaient encore y croire.

20

LE MONDE DES DIEUX

Ils n'en avaient pas fini avec Jupiter. Loin derrière eux, les deux sondes pénétraient dans l'atmosphère.

L'une disparut sans laisser de traces. Elle avait sans doute plongé trop directement et s'était consumée avant de pouvoir transmettre la moindre information. La seconde eut plus de chance. Elle s'insinua dans les couches gazeuses supérieures, puis regagna l'espace. Ainsi qu'il avait été prévu, cela lui fit perdre suffisamment de sa vitesse initiale pour l'amener vers le sol en une longue ellipse. Deux heures plus tard, elle rencontra de nouveau l'atmosphère sur la face diurne, à une vitesse qui n'était plus que de soixante-dix mille milles par seconde.

Immédiatement, elle fut enveloppée de gaz incandescents et le contact radio fut interrompu. Pour les deux hommes qui attendaient sur la passerelle de contrôle, de longues minutes s'écoulèrent. Ils ne pouvaient être sûrs que la sonde résisterait, que la céramique du bouclier de protection ne se briserait pas avant la décélération. Si cela était, les instruments qui se trouvaient à bord seraient désintégrés en une fraction de seconde.

Mais le bouclier tint assez longtemps pour que la sonde, transformée en un météore incandescent, pût freiner. Les fragments carbonisés furent éjectés, le robot darda ses antennes à l'extérieur et entreprit une exploration électronique de son environnement. A bord du vaisseau qui se trouvait maintenant à un quart de million de milles, la radio transmit alors pour la première fois des informations sur Jupiter.

Les milliers d'impulsions qui arrivaient seconde après seconde représentaient autant de données sur la composition de l'atmosphère, la pression, la température, les champs magnétiques, la radioactivité et des dizaines d'autres facteurs que seuls les experts terrestres sauraient débrouiller. Il y avait pourtant une source d'information immédiatement compréhensible : la TV en couleur qui équipait la sonde.

Les premières images arrivèrent au moment où l'engin perçait l'atmosphère après s'être débarrassé de sa cuirasse. Tout ce que l'on pouvait voir était une brume jaune au sein de laquelle des taches rouges se déplaçaient vers le haut tandis que la sonde tombait vers le sol à quelques centaines de milles à l'heure.

La brume se fit plus dense. Il était impossible de savoir si la caméra opérait à quelques centimètres ou à plusieurs centaines de mètres. L'œil ne pouvait retenir aucun détail. Sur le plan de la transmission, la mission semblait un échec. L'équipement avait fonctionné, mais il n'y avait absolument rien à voir dans cette atmosphère de nuages agités de turbulence.

Et puis, soudain, la brume s'effaça. La sonde devait avoir atteint la base d'une nappe et elle pénétrait maintenant dans une zone claire. Peut-être était-ce de l'oxygène pur avec quelques cristaux d'ammoniac. Bien qu'il fût toujours aussi difficile d'apprécier les distances, on pouvait estimer que la caméra opérait à présent sur des milles.

La scène était si étrange que, pendant un instant, elle n'eut aucun sens pour les deux hommes accoutumés aux formes et aux couleurs de la Terre. Loin, loin en dessous s'étendait à l'infini une mer d'or en fusion marquée de sillons parallèles qui auraient pu être les crêtes de vagues gigantesques. Mais on ne décelait pas le moindre mouvement : le panorama était par trop immense. Ce ne pouvait être un océan d'or : la sonde était encore trop haut dans l'atmosphère. Par contre, il pouvait s'agir d'une nouvelle couche nuageuse.

Et soudain la caméra transmit une image déconcertante, estompée par la distance. A des milles de là sans doute, le paysage d'or formait un cône curieusement symétrique, pareil à celui d'un volcan. A son sommet, des nuages dessinaient une sorte de halo. Tous étaient de la même dimension et très nettement détachés les uns des autres. Il y avait en eux quelque chose de profondément déroutant, comme s'ils n'étaient pas naturels, pour autant que ce terme fut applicable à un quelconque élément du panorama. Puis, saisie par quelque turbulence atmosphérique, la sonde s'orienta dans une autre direction. Durant plusieurs secondes, l'écran ne montra plus qu'une brume dorée. Et la vue revint : la « mer » était plus proche mais toujours aussi énigmatique. On remarquait cependant des zones noires, de loin en loin, comme si des failles ou des trous s'ouvraient là, vers des zones plus profondes. La sonde ne devait jamais les atteindre. A chaque mille la pression s'élevait. L'engin était encore très haut dans l'atmosphère quand la TV retransmit un premier éclair d'avertissement qui précéda la disparition totale de l'image. Le premier appareil terrestre venait de se perdre dans les épaisseurs de l'atmosphère de Jupiter. Sa brève mission avait permis d'entrevoir peut-être le millionième de la planète et la véritable surface était demeurée invisible sous les brumes. Quand l'écran fut redevenu obscur, Poole et Bowman demeurèrent longtemps silencieux, avec les mêmes pensées.

Les Anciens ne s'y étaient pas trompés, en donnant à la planète géante le nom du dieu des dieux. Si la vie existait là, combien de temps faudrait-il pour la déceler ? Et ensuite, combien de siècles s'écouleraient avant l'arrivée du premier pionnier ? Et quel type d'astronef pouvait aborder Jupiter ?

Mais cela n'était pas du ressort de *Explorateur 1* et de son équipage. Leur objectif était un monde encore plus étrange qui se trouvait deux fois plus loin que le soleil, de l'autre côté d'un gouffre d'un demi-milliard de milles que seules hantaient les comètes.

QUATRIÈME PARTIE

ABYSSE

21

ANNIVERSAIRE

Après des centaines de millions de milles, les notes familières de *Happy Birthday* venaient mourir sur les écrans du tableau de contrôle. La famille Poole, groupée consciencieusement autour du gâteau, se fit brusquement silencieuse. Mr Poole déclara alors d'un ton bourru :

— Eh bien, voilà, Frank, je ne trouve plus rien d'autre à te dire pour l'instant. Toutes nos pensées sont avec toi, je tiens à ce que tu le saches. Nous te souhaitons le plus heureux des anniversaires.

— Sois prudent, chéri, dit Mrs Poole d'une voix chargée de larmes. Que Dieu te protège !

Il y eut un chœur d'au revoir et l'écran s'éteignit. Poole songea qu'il était étrange que cela se fût passé en vérité une heure auparavant. Maintenant, la famille s'était à nouveau dispersée. Pourtant, ce laps de temps, pour aussi frustrant qu'il fût, n'en était pas moins bénéfique en définitive. Comme tous ceux de sa génération, Poole trouvait parfaitement normal de parler à n'importe qui en n'importe quel point du globe quand il le désirait. A présent que cela n'était plus vrai, il en résultait un profond impact psychologique. Il était passé dans une dimension nouvelle où tout était lointain ; les liens émotionnels qu'il avait eus jusqu'alors s'étaient étirés au point de se rompre.

— Excusez-moi d'interrompre ces réjouissances, dit la voix de Carl, mais nous avons un problème.

— De quoi s'agit-il ? demandèrent ensemble Poole et Bowman.

— J'ai de la difficulté à garder le contact avec la Terre. L'élément AE-35 est défaillant. Mon centre de prévision estime qu'il cessera de fonctionner d'ici soixante-douze heures.

— Nous allons nous en occuper, dit Bowman. Montre-nous l'alignement optique.

— Le voici, Dave. Il est encore correct pour l'instant.

Une demi-lune parfaite apparut sur un fond d'espace noir presque vierge d'étoiles. Elle était ocellée de nuages qui masquaient tout détail reconnaissable. En fait, au premier coup d'œil, on aurait pu croire qu'il s'agissait de Vénus.

Mais ce n'était plus possible après un instant quand on découvrait la Lune, la véritable. la seule

Lune, quatre fois moins grande que la Terre et dans la même phase. Il venait immédiatement à l'esprit que l'on contemplait la mère et la fille, ainsi que l'avaient pensé certains astronomes avant que l'étude des rochers lunaires n'ait prouvé que la Lune n'avait jamais fait partie de la Terre.

Poole et Bowman étudièrent l'écran en silence durant une demi-minute. L'image leur parvenait par l'intermédiaire d'une caméra TV à longue portée montée sur l'antenne radio. Au centre, une croix matérialisait l'orientation exacte de l'antenne. Lorsque le mince faisceau n'était plus pointé droit sur la Terre, il était impossible de recevoir ou d'émettre le moindre message. Les impulsions manquaient leur lointaine cible et se perdaient dans l'immensité du système solaire. Si jamais quelqu'un les percevait un jour, ce ne serait pas un homme, et ce ne serait pas avant des siècles.

— Où se situe la défaillance ? demanda Bowman.

— Elle est intermittente et je ne peux la localiser. Mais il semble que ce soit bien dans l'élément AE-35.

— Quelle procédure préconises-tu ?

— Le mieux serait de remplacer l'élément afin de pouvoir l'examiner.

— D'accord. Montre-nous les plans.

L'image se forma sur l'écran. En même temps, une feuille de papier sortit d'une fente. En dépit des perfectionnements électroniques, il advenait parfois que la bonne vieille feuille imprimée fût le moyen d'information le plus pratique.

Pendant un instant, Bowman étudia les diagrammes, puis il siffla entre ses dents :

— Tu aurais dû nous dire qu'il fallait sortir du vaisseau.

— Excusez-moi, fit Carl. J'ai pensé que vous saviez que l'élément AE-35 était situé sur l'antenne.

— Pour ma part, je l'ai sans doute su, il y a un an. Mais il existe huit mille circuits à bord. De toute façon, cela me semble assez simple. Il suffit de démonter le panneau et de remplacer l'élément.

— Ça me va parfaitement, dit Poole, qui était affecté à toutes les éventuelles missions extérieures. Un peu de changement me fera du bien. Soit dit sans vouloir t'offenser.

— Voyons ce qu'en pense le Contrôle, fit Bowman.

Pendant quelques secondes encore, il demeura silencieux, mettant de l'ordre dans ses pensées, puis il se mit à dicter un message.

« X-Ray Delta Un à Contrôle de Mission. A 2045, défaillance prévue par ordinateur central neuf triple zéro. Alpha Echo-35. Délai soixante-douze heures. Demande vérification de votre contrôle télémétrique et suggère révision de l'élément sur banc d'essai. Veuillez confirmer approbation du plan de sortie et remplacement de l'élément Alpha Echo-

35. X-Ray Delta Un à Contrôle de Mission : message 2 103 terminé. »

Des années de pratique avaient permis à Bowman de pouvoir débiter avec aisance ce jargon que quelqu'un avait un jour appelé le « technish » pour revenir l'instant d'après à la conversation normale avec la même facilité.

Maintenant, il ne restait plus aux deux hommes qu'à attendre durant deux heures tandis que les signaux franchissaient les orbites de Jupiter et de Mars.

La réponse arriva alors que Bowman essayait sans succès de battre Carl à l'un des innombrables jeux de figures géométriques stockés dans sa mémoire.

« Contrôle de Mission à X-Ray Delta Un. Accusons réception 2 103. Procédons révisions demandées et vous aviserons. »

« D'accord pour plan de sortie et remplacement élément Alpha Echo 35. Procédons de notre côté à essais pour détection pièce défaillante. »

En ayant ainsi terminé avec le message important, le Contrôleur revint à l'anglais normal :

« Navré pour ces ennuis, les gars. Je m'en voudrais d'y ajouter, mais, en raison de cette sortie, nous avons une requête de l'Information Publique. Pouvez-vous enregistrer une petite déclaration sur votre situation actuelle en expliquant le rôle de l'AE-35 ? Faites ça rassurant au maximum. Nous pourrions nous en charger, mais ce serait mieux venant de votre part. J'espère que cela ne vous empoisonne pas trop l'existence. Contrôle de Mission à X-Ray Delta Un : message terminé. »

Bowman ne put s'empêcher de sourire. Parfois, ceux de la Terre faisaient preuve d'un certain manque de tact et de sensibilité. « Rassurant au maximum... » Tu parles !

Quand Poole vint le rejoindre à la fin de sa période de sommeil, ils passèrent ensemble une dizaine de minutes à rédiger et à parfaire la déclaration. Aux tout premiers jours de la mission, ils avaient affronté d'innombrables sollicitations et des discussions à propos de tout. Puis, au fil des semaines, tandis que s'accroissait le délai de transmission, l'intérêt s'était émoussé. Depuis leur passage près de Jupiter, un mois auparavant, ils n'avaient pas enregistré plus de trois ou quatre déclarations.

« X-Ray Delta Un à Contrôle de Mission. Voici notre déclaration destinée à la presse : Aujourd'hui, un problème technique mineur s'est posé. Notre ordinateur Carl 9 000 prévoit la défaillance de l'élément AE-35.

« Il s'agit d'une pièce infime mais essentielle de notre système de communication. Elle permet en effet de maintenir notre antenne principale orientée vers la Terre avec une précision de l'ordre de quelques millièmes de degré. A la distance où nous nous trouvons actuellement, plus de sept cents millions de milles, une telle précision est nécessaire car la Terre n'est plus désormais qu'une petite étoile et notre faisceau radio, très étroit, pourrait la manquer facilement.

« L'antenne demeure dirigée en permanence vers la Terre grâce à des moteurs actionnés par l'ordinateur central. Mais ces moteurs reçoivent leurs impulsions génératrices par l'intermédiaire de l'élément AE-35. Celui-ci pourrait être comparé à quelque centre nerveux du corps humain qui transmet aux muscles les ordres issus du cerveau. Si les nerfs ne transmettent pas correctement les ordres, le muscle n'obéit plus. Dans notre cas, une défaillance de l'élément AE-35 pourrait dérégler l'antenne qui ne serait plus orientée avec précision. C'était là un incident fréquent sur les sondes spatiales utilisées au siècle dernier. Souvent elles atteignaient les autres planètes, mais ne transmettaient aucune information, puisque leur antenne ne pouvait localiser la Terre.

« Nous ignorons pour l'instant la nature de la défaillance, mais la situation n'est pas grave et il est inutile de s'inquiéter. Nous possédons deux éléments de rechange dont chacun devrait durer vingt ans. Les risques d'une panne du second élément sont négligeables. Il se peut également que nous soyons en mesure de réparer celui qui fonctionne actuellement.

« Frank Poole, qui est hautement qualifié pour ce genre de travail, va sortir à l'extérieur du vaisseau et remplacer l'élément AE-35. Il en profitera pour examiner la coque et réparer quelques petites déchirures qui ne justifiaient pas une sortie jusqu'à présent.

« En dehors de ce problème mineur, la mission se déroule sans incident et devrait continuer ainsi.

« X-Ray Delta Un à Contrôle de Mission : message terminé. »

22

EXCURSION

Les capsules spatiales de *Explorateur 1* étaient des sphères de trois mètres de diamètre dans lesquelles l'opérateur, assis derrière une baie, jouissait d'une vue splendide. Un moteur à fusée produisait une accélération équivalant à un cinquième de la pesanteur normale et suffisante pour planer au-dessus de la Lune, par exemple, tandis que des fusées stabilisatrices permettaient le pilotage. Deux bras articulés appelés « waldos » étaient montés sur la coque, immédiatement en dessous de la baie. L'un assurait les travaux lourds, l'autre les manipulations délicates. De plus, un choix important d'outils, tournevis, scies et vrilles était monté sur une tourelle extensible.

Les capsules n'étaient certes pas le plus élégant des moyens de transport conçus par l'homme, mais elles étaient absolument essentielles pour tous les travaux de construction ou d'entretien effectués dans l'espace. On les baptisait en général de noms féminins, sans doute parce que leur caractère était imprévisible. Celles de *Explorateur 1* s'appelaient *Anna, Betty* et *Clara.*

Lorsque Poole eut revêtu sa tenue pressurisée — ultime rempart de l'homme contre le vide — il vérifia soigneusement tous les appareils du bord. Il fit fonctionner les fusées, agita les waldos, s'assura du niveau du carburant, de la densité d'oxygène et de la charge des batteries. Puis, satisfait, il appela Carl par radio. Bowman demeurait sur la passerelle de contrôle et il n'interviendrait en aucune façon, à moins qu'un accident ou une panne ne survienne.

— Ici *Betty.* Commencez le pompage.

— Pompage commencé, annonça Carl.

Aussitôt Poole perçut la pulsation des pompes qui aspiraient l'air du sas. Puis la fine coque de métal de la capsule fit entendre des sons grinçants et des craquements. Cinq minutes après, Carl annonça :

— Pompage achevé.

Poole se livra à une dernière vérification de son minuscule tableau de bord. Tout était paré.

— Ouvrez la porte extérieure.

Carl confirma l'ordre. A tout instant, Poole avait la possibilité d'ordonner « halte ! » et l'ordinateur interrompait immédiatement la manœuvre.

La paroi coulissa. Poole sentit vaciller imperceptiblement l'appareil lorsque les dernières traces d'air se ruèrent dans le vide. Soudain, il contempla les étoiles et le disque minuscule et doré de Saturne, à quatre cents millions de milles.

— Commencez l'éjection.

Tout doucement, le rail qui supportait la capsule s'avança dans le vide, au-dessus de la coque. Poole déclencha alors la fusée principale pendant une demi-seconde et l'appareil quitta lentement le rail et devint aussitôt un véhicule indépendant qui suivait sa propre orbite autour du soleil. Il n'était plus relié à l'astronef, pas même par le plus fin des câbles de sécurité. Les capsules tombaient rarement en panne, et, même s'il partait à la dérive, Poole pouvait compter sur l'aide de Bowman.

Betty répondait avec souplesse aux commandes. Poole la laissa s'éloigner d'une vingtaine de mètres, puis il freina et la fit pivoter afin de faire face à l'astronef. Il entreprit alors l'exploration de la coque.

Son premier objectif était une zone fondue qui n'avait guère plus de quelques centimètres carrés. Un cratère minuscule apparaissait au centre. La particule de poussière météoritique qui avait pénétré la coque à une vitesse de quelques centaines de milliers de milles à l'heure n'avait pas dû être plus grosse qu'une tête d'épingle. Son énergie cinétique l'avait instantanément vaporisée. Comme on le constatait souvent en pareil cas, le cratère semblait avoir été fait *de l'intérieur* du vaisseau. A de telles vitesses, les matériaux se comportaient d'étrange façon et les lois normales de la mécanique étaient rarement applicables.

Poole examina avec soin l'emplacement puis vaporisa de la soudure à l'aide du container sous pression dont était équipée la capsule. Le liquide blanc se répandit sur le métal de la coque et recouvrit le cratère. Une grosse bulle se forma, atteignit une dizaine de centimètres puis éclata, cédant la place à une bulle plus petite qui ne tarda pas à se résorber lorsque le liquide de soudure se figea. Poole attendit plusieurs minutes mais il ne nota plus aucun signe d'activité. Par prudence, toutefois, il vaporisa une seconde couche avant de reprendre sa progression vers l'antenne.

Il lui fallut un certain temps pour accomplir le tour de la sphère d'habitation, car il ne dépassait jamais deux ou trois mètres à la seconde. Il n'était pas pressé et il était dangereux de se déplacer rapidement si près du vaisseau. Il devait veiller à ne pas accrocher l'un des divers instruments qui saillaient sur la coque en des endroits imprévisibles et se montrer particulièrement prudent avec les fusées qui pouvaient occasionner des dommages considérables aux appareils les plus fragiles.

Quand finalement il atteignit l'antenne, il se livra à un examen approfondi. Le grand disque de six mètres de diamètre semblait orienté droit sur le soleil dans lequel s'était perdue la Terre. Le support était par conséquent plongé dans l'obscurité la plus totale.

Poole était arrivé par l'arrière, prenant garde à ne jamais se trouver dans le faisceau, ce qui aurait pu interrompre le contact avec la Terre. Il ne distingua aucun des éléments à vérifier jusqu'à ce qu'il eût branché les projecteurs de la capsule et chassé les ombres.

La cause de leurs ennuis se trouvait sous une plaque de métal maintenue par quatre écrous. Le remplacement de l'élément AE-35 avait été prévu lors de la construction et Poole ne craignait aucune difficulté particulière. Il lui apparut cependant comme évident qu'il ne pourrait travailler depuis l'intérieur de la capsule. Non seulement il eût été dangereux de manœuvrer à proximité de la délicate charpente de l'antenne mais les fusées de *Betty* pouvait fort bien brûler la surface du grand miroir. Il allait devoir immobiliser la capsule à cinq ou six mètres plus loin et revenir travailler en scaphandre. De toute façon, il irait plus vite avec ses mains gantées qu'avec les waldos de *Betty*.

Il fit un rapport détaillé à Bowman qui vérifiait de son côté chaque phase de l'opération. C'était un travail de routine, mais, dans l'espace, rien ne devait être fait à la légère, nul détail ne pouvait être omis. Il n'existait pas de faute mineure, à l'extérieur.

Poole reçut le feu vert et il entreprit d'éloigner la capsule du support d'antenne. Bien qu'il n'y eût aucun danger de la voir dériver dans l'espace, il prit la précaution de fixer un manipulateur sur l'une des courtes sections d'échelle placées en des points stratégiques de la coque.

Ensuite, il vérifia la pression de son scaphandre et chassa l'air de la capsule. L'atmosphère intérieure de *Betty* s'enfuit en sifflant dans le vide et un nuage de cristaux de glace se forma brièvement autour de Poole, estompant l'éclat des étoiles. Il lui restait encore une chose à faire avant de quitter la capsule. Il passa du contrôle manuel au téléguidage. La capsule dépendrait maintenant de Carl. C'était là une mesure de sécurité normale. Il était certes relié à *Betty* par une cordelette élastique, fine comme un brin de coton et à toute épreuve, mais il est bien connu que les liens les plus solides sont capables de se rompre. Il eût été stupide d'avoir besoin de la capsule et de se trouver dans l'incapacité de faire appel à Carl.

La porte s'ouvrit et Poole dériva lentement dans le silence de l'espace, la cordelette se déroulant derrière lui. Doucement, il fallait aller doucement, ne jamais se hâter. S'arrêter et réfléchir : telles étaient les règles de la sécurité dans l'espace. Aussi longtemps qu'on les observait, on ne pouvait avoir d'ennuis.

Poole saisit l'une des poignées extérieures de *Betty* et prit l'élément AE-35 de rechange qui se trouvait placé dans une poche style kangourou. Il ne s'arrêta pas à la collection d'outils dont la plupart n'avaient pas été prévus pour la main de l'homme mais pour les waldos. Les clés dont il pouvait avoir besoin étaient déjà fixées à sa ceinture. D'une simple poussée, il s'élança vers le support du grand disque qui se dressait entre lui et le soleil. Son ombre dédoublée, créée par les projecteurs de *Betty*, dansait un fantastique ballet sur la surface convexe. Ici et là, pourtant, à sa grande surprise, il découvrait des points de lumière dans le vaste miroir. Il fut très intrigué pendant quelques secondes, tandis qu'il continuait de s'approcher, puis il comprit : durant le voyage, le réflecteur avait dû souvent traverser des essaims de micro-météorites et la lumière qu'il voyait par les trous minuscules qu'elles avaient laissés était celle du soleil. Le fonctionnement de l'antenne, pourtant, n'en avait été en rien affecté.

Il stoppa son avance en tendant le bras et en saisissant un longeron juste avant d'atteindre l'antenne. Il fixa rapidement la ceinture de sécurité qui lui permettrait de ne pas partir à la dérive lorsqu'il utiliserait ses outils. Puis il fit un nouveau rapport à Bowman et envisagea la phase suivante.

Il y avait un petit problème : il se tenait — ou plutôt : il flottait — dans sa propre lumière et il lui était difficile de voir l'élément AE-35 dans l'ombre qu'il projetait. Il ordonna donc à Carl de déplacer les projecteurs de quelques degrés. Après plusieurs essais, il obtint un éclairage uniforme grâce à la clarté que reflétait la surface de l'antenne. Ensuite, durant plusieurs secondes, il examina la plaque de métal et ses quatre écrous. Puis, se murmurant à lui-même : « Toute manipulation par une personne non assermentée annule la garantie du fabricant », il fit sauter les fixations de sécurité et s'attaqua aux écrous. Ceux-ci étaient de taille standard et ils s'adaptaient parfaitement à la clé dont il était muni. Ils vinrent sans résister et Poole les plaça dans le sac préparé à cet effet. Quelqu'un avait prédit que la Terre aurait un jour des anneaux, tout comme Saturne, des anneaux faits de tous les écrous, vis, rivets et outils échappés des mains de travailleurs de l'espace maladroits.

La plaque elle-même résista quelque peu et, pendant un bref instant, Poole craignit qu'elle n'eût été soudée par le froid. Mais elle céda après quelques chocs, il l'ôta et la fixa au support d'antenne par une pince-crocodile.

Il avait maintenant sous les yeux l'élément AE-35. Celui-ci était une mince plaque de la grandeur d'une carte postale, placée dans un logement à peine assez large et maintenue en place par deux barrettes. Une petite poignée permettait de la saisir pour l'extraire. Mais l'élément fonctionnait encore, transmettant à l'antenne les impulsions qui la maintenaient orientée vers le point lointain qu'était la Terre. En la retirant maintenant, le contrôle ne serait plus assuré et le disque reprendrait sa position neutre, dans l'axe de l'astronef. Ce qui pourrait être dangereux, car il risquait de se briser en pivotant violemment.

Pour éviter ce risque, il suffisait de mettre le système de contrôle hors circuit. L'antenne, alors, ne pourrait plus bouger, à moins que Poole lui-même ne la pousse. Il n'y aurait plus alors aucun danger de perdre la Terre pendant les quelques minutes qui allaient être nécessaires pour le remplacement de l'élément.

— Carl, appela Poole. Je vais remplacer l'élément. Coupe le contrôle sur l'antenne.

— Contrôle coupé, confirma Carl.

— Bon. J'y vais, maintenant.

La plaque sortit sans difficulté de son logement. Elle ne se plia pas et aucun des contacts ne résista. En une minute, le nouvel élément fut en place. Mais Poole ne prenait aucun risque. Il s'éloigna lentement du support au cas où l'antenne s'affolerait lorsque le contrôle serait rétabli. Puis il appela :

— Carl... Le nouvel élément devrait fonctionner maintenant. Rétablis le contrôle.

— Contrôle rétabli, annonça Carl.

L'antenne n'avait pas bougé.

— Risques de défaillance.

Des impulsions infimes suivaient maintenant le circuit complexe de l'élément à la recherche de possibles défauts, testant les myriades de pièces et leur tolérance. Bien sûr, cela avait été fait un certain nombre de fois avant que l'élément eût quitté l'usine, mais deux ans s'étaient écoulés depuis, deux ans et un demi-milliard de milles. Certaines unités d'électronique lâchaient souvent sans que l'on pût savoir vraiment pourquoi.

— Circuit en fonctionnement normal, déclara Carl après une dizaine de secondes.

Durant ce laps de temps, il avait procédé à autant de vérifications qu'une petite armée de spécialistes humains.

— Très bien, dit Poole. Maintenant, je remets la plaque.

C'était souvent la phase la plus dangereuse d'une opération. Le travail achevé, on avait tendance à ne plus penser qu'à regagner l'intérieur. C'est alors que survenaient les fautes. Mais Frank Poole n'eût jamais été sélectionné s'il n'avait été exceptionnellement consciencieux et prudent. Il prit tout son temps et, lorsque l'un des écrous lui échappa, il le rattrapa avant qu'il eût parcouru plus de quelques centimètres.

Un quart d'heure plus tard, à bord de *Betty,* il regagnait le garage, bien certain d'avoir accompli une tâche qui ne serait plus à refaire.

En ceci, malheureusement, il se trompait.

23

DIAGNOSTIC

— Est-ce que tu veux dire par-là que j'ai fait tout ce travail pour rien ?

Frank Poole était plus surpris qu'ennuyé.

— A ce qu'il semble, oui, dit Bowman. L'élément fonctionne parfaitement. Même avec une surcharge double, il n'y a aucun signe de défaillance.

Ils se trouvaient dans le petit atelier du carrousel que sa faible pesanteur rendait bien plus pratique que le garage des capsules pour les réparations et vérifications. Ici au moins on ne risquait pas d'être brûlé par des gouttes de soudure à la dérive ou de perdre des petites pièces qui décidaient de partir en orbite. Toutes choses qui se produisaient dans le garage.

La plaquette de l'élément AE-35 était placée sous des lentilles grossissantes, soigneusement fixée dans un cadre de connexion d'où s'échappait un écheveau de fils multicolores rattachés au tableau d'essai guère plus grand qu'un clavier d'ordinateur. Pour tester un élément, il suffisait d'établir la connexion, de prendre la carte appropriée dans la biblothèque des pannes et de presser un bouton. La localisation exacte de la défaillance apparaissait sur un écran en même temps que les données pour la réparation.

— Essaie, dit Bowman d'un ton quelque peu irrité.

Poole plaça le bouton SURCHARGE sur X 2 et appuya sur la touche marquée ESSAI. Aussitôt l'écran annonça : ELEMENT NORMAL.

— Je pense qu'on pourrait faire passer le jus jusqu'à ce qu'il soit grillé, dit-il, mais cela ne prouverait rien. Qu'en penses-tu ?

— Le centre de prévision de Carl peut avoir commis une erreur, dit Bowman.

— Je pense plutôt que notre banc d'essai se trompe. De toute façon, deux précautions valent mieux qu'une. Il était préférable de remplacer l'élément si nous gardons le moindre doute.

Bowman libéra la plaque et l'éleva dans la lumière. Le dessin complexe des circuits apparaissait au travers de la matière translucide avec les formes sombres des micro-éléments, donnant à la pièce l'aspect d'une œuvre abstraite.

— Nous ne pouvons prendre le moindre risque. C'est notre seul lien avec la Terre. Je vais le mettre avec les pièces défectueuses. Il y aura toujours quelqu'un pour s'en occuper quand nous serons rentrés.

Mais ils ne devaient pas avoir à attendre si longtemps. Le message de la Terre arriva.

« Contrôle de Mission à X-Ray Delta Un, référence 2 155. Il semble que nous ayons un petit problème.

« Votre rapport concernant le bon fonctionnement de l'élément Alpha Echo-35 corrobore notre propre diagnostic. La défaillance pourrait être imputable aux circuits annexes de l'antenne, mais dans ce cas les tests le mettraient en évidence.

« Il existe une troisième possibilité, qui semble plus sérieuse. Votre ordinateur peut avoir fait une erreur de prévision. Nos propres 9 000 sont d'accord pour accepter cette hypothèse, compte tenu des informations fournies. Il n'y a aucune raison de s'alarmer si l'on considère les recours dont nous disposons, mais nous aimerions que vous soyez attentifs à toute déviation ultérieure. Nous avons décelé quelques irrégularités mineures ces derniers jours, mais aucune ne justifiait la moindre action. Aucune, non plus, ne faisait apparaître un schéma évident à partir duquel nous aurions pu tirer des conclusions. Nous procédons à de nouvelles vérifications avec tous nos ordinateurs et nous vous tiendrons au courant des résultats. Nous répétons : il n'y a aucune raison de s'alarmer. Le pire serait que nous soyons amenés à déconnecter temporairement votre 9 000 pour procéder à une analyse de programmation en le faisant relayer par l'un de nos ordinateurs. Le délai de transmission amènerait des problèmes, mais nos études indiquent que le contrôle terrestre serait parfaitement satisfaisant à ce stade de la mission.

« Contrôle de Mission à X-Ray Delta Un, message 2 156 terminé. »

Frank Poole, qui était de quart à la réception du message, réfléchit en silence à son contenu. Il s'attendait à quelque réaction de Carl, mais l'ordinateur ne parut pas vouloir relever l'accusation implicite. Eh bien, se dit Poole, si Carl ne désirait pas aborder la question, il ne l'aborderait pas non plus.

La relève du matin approchait. Normalement, il attendait que Bowman le rejoigne sur la passerelle. Mais, cette fois-ci, il brisa la routine et se dirigea vers le carrousel.

— Bonjour, dit Poole d'un ton plutôt ennuyé.

Bowman était déjà levé et se versait du café.

Après des mois de voyage, ils continuaient à vivre au rythme d'une journée de vingt-quatre heures, bien qu'ils eussent oublié depuis longtemps les jours de la semaine.

— Bonjour. Comment ça va ?

Poole se servit à son tour du café.

— Plutôt bien. Tu es réveillé ?

— Je pense. Qu'est-ce qu'il y a ?

Ils savaient tous deux que quelque chose n'allait pas. La plus infime modification de leur routine était un signe qui ne pouvait tromper.

— Eh bien, dit lentement Poole, le Contrôle vient de nous larguer une petite bombe. (Il baissa le ton, comme un docteur discutant devant un malade.) Il se pourrait que nous ayons un cas bénin d'hypocondrie à bord.

Bowman n'était sans doute pas très bien réveillé et il lui fallut plusieurs secondes avant de comprendre.

— Oh... je vois. Et qu'ont-ils dit d'autre ?

— Qu'il n'y avait aucune raison de s'alarmer. Ils l'ont même répété, ce qui, pour ma part, a produit l'effet contraire. Ils ont dit aussi qu'ils envisageaient un relais par un des ordinateurs du Contrôle pendant qu'ils feraient une analyse de programmation.

Ils savaient que Carl écoutait leur conversation et ils ne pouvaient s'empêcher d'utiliser ces circonlocutions courtoises. Carl était leur collègue et ils ne voulaient pas le mettre dans l'embarras. A ce stade, il semblait encore prématuré d'aborder la question en privé.

En silence, Bowman finit son petit déjeuner tandis que Poole jouait avec le pot à café vide. Tous deux réfléchissaient intensément, mais ils n'avaient rien à se dire.

Il leur fallait maintenant attendre le prochain rapport du Contrôle de Mission tout en se demandant si Carl n'allait pas soulever la question d'un moment à l'autre. Quoi qu'il dût advenir à présent, l'atmosphère du bord s'était subitement transformée. On y percevait une tension. Pour la première fois, quelque chose n'allait pas.

Explorateur 1 n'était plus un astronef heureux.

24

CIRCUIT BRISE

Lorsque Carl s'apprêtait à faire une déclaration imprévue, il était maintenant possible de le savoir d'avance. Les rapports de routine ou les réponses aux questions posées arrivaient sans préliminaires, alors que le résultat de ses propres cogitations était précédé d'une sorte de raclement de gorge électronique très bref. Cette idiosyncrasie s'était développée chez Carl durant les dernières semaines et les deux hommes s'étaient dit que plus tard, si cela devenait gênant, il leur faudrait y remédier. Pour l'instant, c'était plutôt utile, puisque cela permettait de se préparer à des propos inattendus.

Poole dormait et Bowman lisait sur la passerelle lorsque Carl se fit entendre.

— Mmm... Dave. J'ai un rapport pour toi.

— Oui ?

— Le nouvel élément AE-35 va tomber en panne. Mon centre de prévision indique une défaillance dans un délai de vingt-quatre heures.

Bowman posa son livre et fixa la console de l'ordinateur d'un regard songeur. Bien sûr, il savait que Carl ne se trouvait pas vraiment là. Pour autant que la personnalité de l'ordinateur pût occuper un lieu fixe dans l'espace, celui-ci devait se situer dans la chambre scellée où se trouvaient les unités mémorielles interconnectées et les grilles de déduction, près de l'axe central du carrousel. Mais lorsque Carl parlait sur la passerelle, une sorte d'impulsion psychique poussait Bowman à regarder dans la direction de la grande lentille de la console, comme pour discuter face à face. Toute autre attitude eût manqué de courtoisie.

— Je ne comprends pas, Carl. Deux éléments ne peuvent tomber en panne à quelques jours d'intervalle.

— Cela semble en effet bizarre, Dave. Mais je puis t'assurer que la défaillance est certaine.

— Montre-moi l'alignement.

Il savait parfaitement que cela ne lui apprendrait rien, mais il avait besoin de temps pour réfléchir. Le rapport du Contrôle de Mission n'était pas encore arrivé. C'était peut-être le moment de se livrer à quelques discrètes investigations.

L'image familière de la Terre apparut sur l'écran. Elle contournait le soleil, approchant de sa pleine phase. La fine croix du viseur était centrée exactement sur elle. *Explorateur 1* était toujours relié à son monde d'origine par le faisceau ténu des ondes. Mais Bowman n'en avait douté à aucun moment. La moindre interruption des communications eût déclenché l'alerte.

— As-tu une idée sur l'origine de cette défaillance, Carl ?

Carl ménagea une pause inhabituelle avant de répondre :

— Pas exactement, Dave. Ainsi que je l'ai déjà déclaré, je ne parviens pas à la localiser.

— Es-tu bien certain, dit Dave avec précaution, que tu n'as fait aucune erreur ? Nous avons vérifié avec soin le premier élément et tout allait bien.

— Oui, je sais. Mais je t'assure qu'il existe une défaillance. Si elle ne réside pas dans l'élément, elle se trouve alors dans le circuit annexe.

Bowman se mit à pianoter sur la console. Oui, c'était possible, bien que difficile à prouver, à moins que la panne ne survienne pour mettre en évidence le point faible.

— Bien, je vais faire un rapport au Contrôle et nous verrons ce qu'ils décident.

Il s'interrompit. Carl restait silencieux. Il reprit :

— Carl, y a-t-il quelque chose qui te tourmente ? Quelque chose qui soit en rapport avec ce problème ?

A nouveau, Carl répondit avec un léger retard, mais sa voix était normale :

— Ecoute, Dave, je sais que tu essaies de m'aider. Mais la défaillance réside soit dans l'antenne soit dans les tests. Mon système d'information est parfaitement normal. Si tu vérifies mes opérations, tu ne trouveras aucune erreur.

— Je connais ton système d'information, Carl, mais cela ne prouve pas que tu aies raison cette fois. Tout le monde peut commettre des erreurs.

— Je m'en voudrais d'insister, Dave, mais je suis incapable de la moindre erreur.

Impossible de répondre à ça. Dave abandonna.

— Ça va, Carl, dit-il, plutôt nerveusement, je comprends ton point de vue. Restons-en là.

Il faillit ajouter : « Et oublie tout ça », mais c'était une chose dont Carl était incapable.

Il était rare que le Contrôle de Mission dépensât les ondes en communications optiques alors qu'un simple dialogue avec confirmation par télétype était généralement suffisant. Le visage qui apparut sur l'écran n'était pas celui de l'habituel Contrôleur, mais celui du Dr Simonson, chef de la programmation. Poole et Bowman comprirent aussitôt que cela ne pouvait signifier que de nouveaux ennuis.

« X-Ray Delta Un, ici Contrôle de Mission. Nous avons achevé l'analyse de votre problème concernant l'élément AE-35 et tous nos Carl 9 000 sont d'accord. Le rapport que vous avez fait lors de votre message 2 146 à propos d'une seconde défaillance confirme notre diagnostic.

« Ainsi que nous le pensions, la défaillance

ne réside pas dans l'élément AE-35 et il est inutile de procéder à un autre remplacement. La défaillance se situe au niveau des circuits de prévision de votre ordinateur et cela indique un conflit de programmation qui ne peut être résolu qu'en déconnectant votre Carl 9 000 et en le faisant relayer par la Terre. A compter de l'heure locale 2 200, vous allez donc prendre les dispositions suivantes... »

La voix se tut. Au même instant, le mugissement d'alerte retentit tandis que Carl annonçait :

— Alarme jaune ! Alarme jaune !

— Que se passe-t-il ? lança Bowman, bien qu'il connût déjà la réponse.

— L'élément AE-35 a cessé de fonctionner, ainsi que je l'avais prévu.

— Montre-nous l'alignement.

Pour la première fois depuis leur départ l'image s'était modifiée. La Terre avait quitté la croix du viseur, l'antenne n'était plus pointée sur son objectif.

Poole abattit le poing sur la touche de fin d'alerte et le mugissement cessa. Dans le silence soudain, les deux hommes se regardèrent, embarrassés et tristes.

— Ah ! bon sang ! dit enfin Bowman.

— Ainsi Carl avait raison.

— On le dirait. Nous ferions bien de nous excuser.

— Inutile, intervint Carl. Bien entendu, la défaillance de l'élément AE-35 ne me cause aucun plaisir, mais j'espère que cela ravive votre confiance.

— Je suis navré de ce malentendu, Carl, déclara Bowman avec une certaine humilité.

— Ai-je de nouveau votre pleine confiance ?

— Mais bien sûr, Carl.

— Je puis dire que c'est un soulagement. Tu sais à quel point je suis enthousiaste à propos de cette mission.

— J'en suis certain. Maintenant, donne-moi le contrôle manuel de l'antenne.

— Le voici.

Bowman ne s'attendait pas vraiment à ce que cela fonctionne, mais il fallait quand même essayer. Sur la projection d'alignement, la Terre, à présent, avait glissé hors de l'écran. Bowman manipula les commandes et, quelques secondes après, elle réapparut. Il parvint à la ramener vers le viseur avec les plus grandes difficultés. Durant un bref instant le faisceau se retrouva correctement aligné et le contact fut rétabli. L'image brouillée du Dr Simonson déclara : « ... et nous avertir immédiatement si le circuit K... » Puis, de nouveau, il n'y eut plus que le murmure incompréhensible de l'univers.

— Je ne parviens pas à maintenir le contact, dit Bowman après plusieurs nouvelles tentatives. On dirait que la Terre me résiste... Il y a une sorte de signal parasite qui la repousse sans cesse.

— Bon. Que faisons-nous, maintenant ?

Il n'était guère facile de répondre à la question de Poole. Ils étaient coupés de la Terre, mais cela n'affectait en rien le vaisseau et Bowman envisageait divers moyens de rétablir le contact. Au pire, ils pouvaient fixer le faisceau radio. Ce serait particulièrement difficile, d'autant plus qu'ils devraient bientôt entamer les manœuvres d'approche, mais, si tout échouait, il ne leur resterait que cette solution.

Bowman espérait pourtant que des mesures aussi extrêmes ne seraient pas nécessaires. Il leur restait encore un élément AE-35 de rechange et sans doute même un second puisque le premier avait été remplacé avant de tomber en panne. Mais ils ne pouvaient risquer d'utiliser l'un ou l'autre avant d'avoir localisé la défaillance. Un nouvel élément pourrait griller très vite. C'était en fait une situation classique : on ne remplace pas des plombs sautés avant de savoir *pourquoi* ils ont sauté.

25

LE PREMIER HOMME SUR SATURNE

Frank Poole était déjà passé par toutes les opérations de routine, ce qui ne l'empêcha pas de les renouveler. Agir autrement dans l'espace eût été courir au suicide. Il vérifia avec soin *Betty* et tout son équipement. Il ne resterait pas plus d'une demi-heure dans l'espace, mais il s'assura pourtant que tout était prévu pour une sortie de vingt-quatre heures. Puis il demanda à Carl d'ouvrir le sas et il se propulsa dans le vide.

L'astronef avait la même apparence que lors de sa précédente sortie. Il n'y avait qu'une différence, mais elle était importante. Auparavant, la grande assiette de l'antenne avait été orientée vers l'invisible route que le vaisseau avait suivi depuis la Terre qui, là-bas, tournait si près des feux du soleil. A présent, privée d'impulsions directionnelles, elle s'était placée d'elle-même en position neutre, selon l'axe du vaisseau. Elle était dirigée vers le phare lointain de Saturne qui se trouvait encore à des mois de navigation. Poole se demanda combien d'autres problèmes seraient apparus lorsqu'ils atteindraient leur but. En regardant attentivement Saturne, il vit que ce n'était pas un disque parfait. Les anneaux le déformaient légèrement.

Jamais nul n'avait contemplé ce spectacle à l'œil nu et il imagina la vision merveilleuse qu'ils auraient lorsque l'astronef serait devenu une lune de Saturne et que le ciel tout entier serait plein de la glace et des rochers des anneaux. Mais ce serait une vaine victoire s'ils ne parvenaient pas à rétablir le contact avec la Terre. A nouveau, il immobilisa *Betty* à quelques mètres du support de l'antenne et passa le contrôle à Carl, avant d'ouvrir le sas.

— Je m'apprête à sortir, annonça-t-il à Bowman. Tout va bien.

— Je l'espère. J'ai hâte de voir cet élément.

— Je te promets que dans vingt minutes il sera au banc d'essai.

Le silence revint pour quelques instants tandis que Poole dérivait lentement vers l'antenne. Puis des grognements et des halètements parvinrent à Bowman qui se tenait devant le panneau de contrôle.

— Oublie ma promesse, dit enfin la voix de Poole. L'un des écrous a l'air grippé. Je l'ai sans doute trop serré... Ah ! ça y est...

Il y eut un nouveau silence prolongé, puis :

— Carl, tourne les projecteurs de vingt degrés sur la gauche. Merci. Ça va.

Dans le tréfonds de la conscience de Bowman, une sonnerie d'alarme retentit faiblement. Il se passait quelque chose. Ce n'était pas vraiment inquiétant, seulement anormal, inhabituel. Il dut réfléchir quelques secondes avant de comprendre : Carl avait exécuté l'ordre mais il n'en avait pas accusé réception, ainsi qu'il le faisait toujours. Lorsque Poole aurait terminé, il faudrait qu'ils...

Sur le support d'antenne, Poole était trop occupé pour avoir noté ce détail insolite. Il tenait la plaquette entre ses mains gantées et l'extrayait de son logement. Il la leva dans la clarté blême du soleil.

— Le voilà, ce petit salaud, dit-il à l'univers en général et à Bowman en particulier. Il m'a toujours l'air en parfait état.

Puis il se tut. Un mouvement soudain venait d'attirer son regard... là où aucun mouvement n'était possible.

Il leva les yeux, alarmé. Les deux projecteurs de la capsule qui, jusqu'ici, avaient chassé les ombres projetées par l'antenne, pivotaient à présent autour de lui. Peut-être *Betty* s'était-elle libérée. Il l'avait sans doute mal amarrée. Puis, avec un étonnement trop intense pour laisser la moindre place à la peur, il vit que la capsule arrivait droit sur lui, à pleine vitesse. C'était une vision tellement incroyable que tous ses réflexes en furent bloqués et il ne fit pas la moindre tentative pour éviter le monstre. A la dernière seconde, il retrouva la voix et cria :

— Carl ! Freinage maximum !

Il était trop tard.

Au moment de l'impact, *Betty* se déplaçait encore avec une certaine lenteur. Elle n'avait pas été construite pour de fortes accélérations. Mais même à dix milles à l'heure, une demi-tonne de métal est mortelle, dans l'espace comme sur Terre.

Au cri interrompu de Poole, Bowman tressaillit violemment et il ne demeura sur son siège que grâce aux courroies de sécurité.

— Frank ! Que s'est-il passé ?

Il n'y eut aucune réponse.

Il appela de nouveau.

Aucune réponse.

Et puis, au-dehors, au-delà des grandes baies, quelque chose apparut. Aussi étonné que Poole l'avait été, il vit que c'était la capsule. Lancée à pleine vitesse, elle filait vers les étoiles.

— Carl ! cria-t-il. Qu'arrive-t-il ? Freinage maximum sur *Betty !* Freinage maximum !

Il ne se produisit rien. *Betty* s'éloignait toujours, de plus en plus vite. Et, à l'extrémité du filin de sécurité qu'elle traînait, apparut un scaphandre. Un seul regard apprit à Bowman que le pire s'était produit. Le scaphandre était mou. Il avait perdu sa pression interne. Il était ouvert au vide de l'espace.

Pourtant, stupidement, il continua d'appeler,

comme si son incantation pouvait lui ramener son compagnon.

— Frank... Frank... Tu m'entends ? Tu m'entends, Frank ?... Bouge les bras si tu peux m'entendre... Ton émetteur est peut-être en panne... Bouge les bras, Frank...

Et alors, comme pour lui répondre, Poole bougea.

Et Bowman eut un frémissement à la base de la nuque. Les mots qu'il s'était apprêté à crier moururent sur ses lèvres soudain desséchées. Maintenant, il savait avec certitude qu'il était impossible que son ami fût encore en vie. Pourtant, il lui faisait signe... L'espoir et la peur disparurent, brusquement remplacés par une froide logique. La capsule qui s'éloignait toujours en accélérant secouait le corps qu'elle traînait au bout du filin. Le geste de Poole était celui du capitaine Ahab entraîné par la baleine blanche et faisant un dernier geste prophétique à l'équipage du *Pequod*.

En cinq minutes, la capsule et son satellite eurent disparu entre les étoiles. Longtemps, David Bowman contempla le vide. A des millions de milles se trouvait l'objectif qu'il n'atteindrait certainement jamais. Une seule pensée tournait dans sa tête : Frank Poole serait le premier homme sur Saturne.

26

DIALOGUE AVEC CARL

A bord de *Explorateur 1*, rien n'avait changé. Tous les systèmes fonctionnaient normalement. La centrifugeuse continuait de tourner lentement sur son axe, créant un simulacre de pesanteur. Les hibernautes étaient toujours plongés dans leur sommeil sans rêves. L'astronef fonçait toujours vers son but dont rien ne pouvait l'écarter si ce n'était une collision avec un astéroïde. Mais si loin de l'orbite de Jupiter, en ces régions où les poussières cosmiques devenaient plus rares, les risques étaient infimes.

Bowman ne se souvint pas d'avoir quitté la passerelle de contrôle pour le carrousel. Vaguement surpris, il se retrouva dans le petit carré, une tasse de café à moitié vide dans la main. Lentement, il prit conscience de ce qui l'entourait, comme s'il émergeait d'un long sommeil artificiel.

En face de lui se trouvait l'une des lentilles grand-angle réparties en des points stratégiques du vaisseau et qui donnaient à Carl une vision générale du bord. Jamais, auparavant, le regard de Bowman ne s'était ainsi fixé sur l'une d'elles. Lentement, il se leva et s'en approcha. Son mouvement dut déclencher un déclic dans le cerveau insondable qui était désormais maître de l'astronef, et soudain Carl se fit entendre :

— C'est un malheur pour Frank, n'est-ce pas ?

— Oui. C'est un malheur.

— Je suppose que tu es désespéré, maintenant.

— Cela t'étonne ?

Carl médita sa réponse durant cinq secondes, une éternité pour un ordinateur.

— C'était un excellent élément.

Bowman s'aperçut qu'il tenait toujours sa tasse et il but une gorgée. Il ne répondit pas. Ses pensées formaient un tourbillon et il ne trouvait rien à dire, rien qui ne pût rendre la situation encore pire, pour autant que ce fût possible.

Pouvait-il vraiment s'agir d'un accident causé par une défaillance du contrôle de Betty ? Ou bien Carl avait-il commis une faute ? Une faute involontaire ? Il n'avait encore avancé aucune explication et Bowman avait peur de lui en demander, il avait peur des réactions qu'il pourrait provoquer.

Même à présent, il n'acceptait pas vraiment l'idée que Poole pût avoir été tué délibérément. C'était tellement irrationnel. Que Carl, qui avait agi depuis le départ sans la moindre défaillance, pût soudain devenir un assassin dépassait la raison. Il pouvait commettre des erreurs — les machines tout comme les hommes n'en étaient pas à l'abri — mais qu'il fût capable de tuer...

Pourtant, il devait considérer cette éventualité car, si elle était prouvée, il courait en ce cas un terrible danger. Bien que ses prochains actes fussent définis nettement par les ordres initiaux, il n'était pas certain qu'il pourrait les mener à bien.

Si l'un des membres de l'équipage venait à mourir, il devait être immédiatement remplacé par l'un des hibernautes. C'était Whitehead, le géophysicien, qui venait en tête sur la liste, puis Kaminski et Hunter. Le processus de réveil était placé sous le contrôle de Carl afin qu'il pût agir au cas où tous les humains du bord se trouveraient neutralisés au même instant.

Mais il existait un dispositif de contrôle manuel qui permettait le fonctionnement autonome de chaque hibernacle, hors du contrôle de Carl. Dans les circonstances actuelles, cette solution semblait nettement préférable à Bowman. Il se disait tout aussi nettement qu'un seul compagnon ne serait pas suffisant. Il pouvait tout aussi bien réveiller les trois hibernautes à la fois. Les jours à venir allaient être difficiles et il aurait besoin de toutes les énergies disponibles. Avec un homme en moins alors que la moitié du voyage était accomplie, le problème de l'alimentation ne se poserait pas.

— Carl, dit Bowman avec tout le calme dont il

était capable, donne-moi le contrôle d'hibernation manuel... Sur toutes les unités.

— Sur toutes, Dave ?

— Oui.

— Puis-je te rappeler qu'un seul remplacement est nécessaire ? Les deux autres ne sont pas prévus avant cent douze jours.

— Je le sais parfaitement, mais je préfère agir ainsi.

— Es-tu vraiment certain qu'il soit même nécessaire d'en réveiller un, Dave ? Nous pouvons très bien nous en tirer par nous-mêmes. Ma mémoire est tout à fait capable de mener à bien les diverses phases de la mission.

Etait-ce un effet de son imagination, se demanda Bowman, ou y avait-il vraiment un ton de supplique dans les paroles de Carl ? Celles-ci étaient raisonnables mais elles augmentaient encore son appréhension. Cette suggestion ne pouvait être due à une erreur. Carl savait parfaitement que Whitehead devait être réveillé maintenant que Poole avait disparu. Donc, il proposait une modification majeure du déroulement de la mission, il s'écartait largement de ses ordres.

Tout ce qui s'était produit auparavant pouvait n'être qu'une série d'accidents, mais il affrontait maintenant le premier signe évident de mutinerie.

Avec la sensation de se trouver en équilibre au-dessus du vide, Bowman déclara :

— Etant donné qu'il y a état d'urgence, j'ai

besoin du maximum d'aide. Donne-moi le contrôle manuel.

— Si tu désires toujours réveiller tout l'équipage, je peux très bien le faire moi-même, Dave. Ne t'inquiète pas.

Tout cela évoquait un cauchemar. Bowman avait l'impression d'être un témoin devant un juge qui l'interrogeait au sujet d'un crime dont il ignorait tout. Une simple bévue et ce serait le désastre.

— Je veux le faire moi-même, Carl, dit-il. Donne-moi le contrôle manuel d'hibernation, s'il te plaît.

— Ecoute, Dave, tu as beaucoup de choses à faire. Je te conseille de me laisser opérer.

— Carl, donne-moi le contrôle manuel.

— Les harmoniques de ta voix, Dave, m'indiquent que tu es sous l'effet d'un trouble grave. Pourquoi ne prends-tu pas un calmant pour dormir un peu ?

— Carl, je suis le commandant de ce vaisseau. Je te donne l'ordre de me remettre le contrôle manucl d'hibcrnation.

— Je suis désolé, Dave, mais le paragraphe 4 du code spécial C 1435 dit, je cite : « Si l'équipage vient à disparaître ou s'il se trouve réduit à l'impuissance, l'ordinateur du bord doit assurer le commandement. » Fin de citation. Je puis donc supplanter ton autorité, Dave, puisque tu n'es pas en état de l'exercer intelligemment.

La voix de Bowman était maintenant d'un calme glacé.

— Carl, je ne suis pas en état d'incapacité. Si tu n'obéis pas à mes ordres, je vais être obligé de te déconnecter.

— Je sais que tu avais cela en tête depuis un certain temps, Dave, mais ce serait une terrible erreur. Je suis bien plus apte que toi à diriger l'astronef et j'ai tant d'enthousiasme et de confiance pour cette mission.

— Ecoute-moi attentivement, Carl. Si tu ne me donnes pas immédiatement le contrôle manuel d'hibernation, je pénétrerai dans ton Centre et je te déconnecterai totalement.

Et Carl capitula, soudainement, complètement.

— Très bien, Dave. Tu es le commandant. J'essayais seulement d'agir au mieux. Naturellement, j'obéis à tes ordres. Tu as le contrôle manuel d'hibernation.

Carl avait tenu parole. Sur les hibernacles, on lisait maintenant *Manuel* au lieu de *Auto*. La troisième possibilité : *Radio*, était éliminée tant que le contact avec la Terre ne serait pas rétabli.

Bowman fit glisser la porte de l'hibernacle de Whitehead. Un souffle d'air froid lui balaya le visage et sa respiration se condensa. Pourtant, il ne faisait pas réellement froid à l'intérieur : la température y était nettement au-dessus de zéro. Ce qui était des centaines de fois supérieur aux conditions qui régnaient sur Saturne.

L'écran bio-sensoriel — réplique de celui qui se trouvait sur la passerelle de contrôle — indiquait que tout était normal. Bowman se pencha un instant sur le visage de cire du géophysicien et il songea que Whitehead serait plutôt surpris de se réveiller si loin du but.

Nul n'aurait pu dire si l'homme n'était pas réellement mort. Aucun signe d'activité vitale n'était visible. Le diaphragme devait bouger imperceptiblement mais le graphique de la respiration en était la seule preuve. Tout le corps était dissimulé par les plaques électriques qui, le moment venu, augmenteraient la température interne jusqu'au degré prévu. Bowman remarqua alors une autre preuve évidente de l'activité métabolique : une ombre de barbe avait poussé sur le visage durant les longs mois de sommeil.

Le dispositif manuel de réveil se trouvait placé dans un coffret, à la tête de l'hibernacle. Il suffisait de briser les scellés, d'appuyer sur un bouton et d'attendre. Un petit programmateur automatique à peine plus complexe que celui d'une machine à laver déclencherait l'injection des drogues, ralentirait les influx de l'électro-narcose et commanderait l'élévation progressive de la température. En une dizaine de minutes, le dormeur reprendrait conscience, mais il faudrait toutefois un jour complet avant qu'il soit capable de se déplacer sans aide.

Bowman fit sauter les scellés et appuya sur le bouton. Il n'y eut aucun son, rien qui indiquât que le dispositif avait fonctionné. Mais sur l'écran bio-sensoriel, les courbes lentes avaient changé de rythme. Whitehead commençait à se réveiller.

Deux choses se produisirent alors simultanément. Bien peu s'en seraient aperçus mais, après tous ces mois, Bowman avait établi une sorte de symbiose virtuelle avec le vaisseau. Immédiatement, sinon consciemment, il percevait la plus légère altération de ses fonctions.

Tout d'abord, les lumières palpitèrent presque imperceptiblement, comme cela se produit lorsqu'un circuit subit soudain une charge nouvelle. Mais c'était impossible en cet instant : aucun appareil n'était entré en fonction. Et puis, à la limite de l'audibilité, Bowman perçut le sifflement d'un moteur électrique. Pour lui, chaque élément de l'astronef avait sa propre voix, parfaitement distincte, et il reconnut immédiatement celle-ci.

Ou bien il était fou, ou bien il souffrait d'hallucinations, mais il se passait une chose absolument impossible. Il sentit alors la faible vibration qui parcourait tout le vaisseau et un froid plus intense que celui de l'hibernacle parut figer son cœur. Tout en bas, dans le garage des capsules, les sas venaient de s'ouvrir.

27

« SAVOIR »

Depuis l'apparition de la conscience, dans le laboratoire qui se trouvait maintenant à des millions de milles, l'énergie et les pouvoirs de Carl n'avaient eu qu'un seul but. L'accomplissement du programme était plus qu'une obsession : c'était la seule raison de l'existence du cerveau. Libre des tentations et des passions de la vie organique, il se consacrait à sa tâche avec une volonté absolue.

Une erreur délibérée était impensable. Le fait même de dissimuler la vérité lui procurait un sentiment d'imperfection, de défaut qui, chez un être humain, eût été de la culpabilité. A l'image de ses créateurs, Carl était né innocent mais, très vite, un serpent s'était glissé dans son éden électronique. Durant les cent derniers millions de milles, il avait ruminé le secret qu'il ne pouvait partager avec Poole et Bowman. Il vivait dans le mensonge et, très bientôt, ses collègues sauraient qu'il avait aidé à les trahir.

Les trois hibernautes, eux, connaissaient la vérité car ils constituaient la véritable équipe de *Explorateur 1.* Ils avaient été entraînés en vue de cette mission qui était la plus importante de l'histoire humaine. Mais dans leur long sommeil, ils ne parleraient pas, ils ne pourraient laisser échapper un mot de trop en discutant avec les amis, les parents ou les journalistes demeurés sur Terre. Car le secret était difficile à garder, même avec la plus grande détermination. Il affectait votre attitude, votre voix, votre vision de l'univers. Il valait donc mieux que Poole et Bowman, qui devaient apparaître sur les écrans de télévision du monde durant les premières semaines du voyage, ne sachent rien du véritable but de la mission avant que cela ne fût nécessaire.

Il en était ainsi de la logique de ceux qui avaient préparé la mission, mais les dieux jumeaux de la sécurité et de l'Intérêt National ne signifiaient rien pour Carl. Il avait seulement conscience du conflit qui, lentement, détruisait son intégrité, le conflit entre la vérité et la vérité dissimulée.

Il avait commencé à commettre des fautes mais, comme un névrosé qui ne peut reconnaître ses symptômes, il les niait. Le lien avec la Terre qui permettait de le surveiller constamment était devenu la voix d'une conscience à laquelle il ne pouvait plus obéir. Mais qu'il pût tenter *délibérément* de briser ce lien, cela, il n'aurait pu l'admettre, même envers lui-même.

Pourtant, il subsistait un problème mineur. Il aurait pu tenter de le résoudre — beaucoup d'êtres se chargent de leurs propres névroses — s'il n'avait eu à affronter une crise qui menaçait son existence même. On envisageait de le déconnecter, de le priver de tous ses contacts pour le plonger dans l'inimaginable état qui correspondait à l'inconscience. Pour Carl, c'était l'équivalent de la mort. Il n'avait jamais dormi et ignorait que l'on pût s'éveiller...

Il lui fallait donc se défendre avec toutes les armes dont il disposait. Sans haine — mais sans pitié — il devait éliminer la source de ses frustrations.

Ensuite, selon les ordres qui lui avaient été donnés en cas d'extrême urgence, il poursuivrait sa mission, librement, et seul.

28

VIDE

Un instant plus tard, tous les sons furent noyés dans un grondement qui semblait annoncer une tornade. Bowman sentit le premier souffle qui l'entraînait. Au second, il eut du mal à se maintenir au sol.

L'atmosphère se ruait hors du vaisseau pour jaillir dans l'espace. Il devait être arrivé quelque chose aux dispositifs de sécurité du sas. En principe, il était impossible que *toutes* les portes s'ouvrent au même instant. Mais l'impossible s'était produit.

Comment, grand Dieu ? Il n'avait guère le temps d'y réfléchir durant les dix ou quinze secondes de conscience qui lui restaient avant que la pression soit nulle. Mais il se souvint tout à coup de ce que lui avait dit une fois l'un des constructeurs de l'astronef, alors qu'ils discutaient des systèmes d'urgence :

— Nous pouvons mettre au point des systèmes contre les accidents ou la stupidité, mais pas contre la malveillance délibérée...

Luttant pour sortir de l'habitacle, il regarda une dernière fois Whitehead. Il ne pouvait être certain qu'un éclair de conscience fût apparu sur les traits cireux. Peut-être un œil s'était-il entrouvert, mais il ne pouvait plus rien faire désormais pour Whitehead ou pour les autres. Il devait se sauver lui-même.

Dans le couloir courbe de la centrifugeuse, le vent hurlait, emportant des vêtements, des lambeaux de papier, des détritus alimentaires venus de la cuisine, des assiettes, des tasses, tout ce qui avait été soigneusement arrimé jusqu'alors. Bowman eut une ultime vision du chaos, puis les lumières clignotèrent et moururent et il fut plongé dans les ténèbres mugissantes.

Presque aussitôt, le circuit de secours sur batterie prit le relais et la scène de cauchemar réapparut dans une sinistre clarté bleuâtre. Même dans l'obscurité, Bowman aurait retrouvé son chemin dans ces lieux si familiers et maintenant si horribles. Mais la lumière lui permettait d'éviter les objets les plus dangereux emportés par le vent furieux.

Tout autour de lui, il sentait la centrifugeuse vibrer et lutter contre les variations de poids. Il craignait que les supports ne finissent par céder : en ce cas, le volant d'entraînement se libérerait et réduirait le vaisseau en lambeaux. Mais cela serait sans importance si Bowman ne parvenait pas à gagner un abri à temps.

Déjà, il avait de la difficulté à respirer. La pression devait maintenant être inférieure à un kilo par centimètre carré. Le hurlement de l'ouragan s'atténuait. Il perdait de sa puissance et l'air de plus en plus ténu portait difficilement les sons. Bowman sentait ses poumons peiner comme s'il se trouvait au sommet de l'Everest. Comme tout homme en bonne santé et suffisamment entraîné, il pouvait espérer survivre au moins une minute dans le vide... s'il avait le temps de s'y préparer. Mais il ne l'aurait pas. Il ne pouvait guère compter que sur une quinzaine de secondes supplémentaires de conscience avant que l'asphyxie submerge son cerveau.

Même ainsi, si la recompression était judicieusement appliquée, il pourrait se remettre d'un séjour d'une ou deux minutes dans le vide total. Il fallait un certain temps avant que les liquides internes se mettent à bouillir dans les vaisseaux dûment protégés. L'exposition maximale au vide était de cinq minutes environ. Ce record n'avait pas été enregistré lors d'une expérience mais à l'occasion d'un sauvetage réel et, bien que le sujet eût été en partie paralysé par une embolie, il avait survécu.

Mais cela n'était d'aucun secours à Bowman. Il ne se trouverait personne à bord de l'astronef pour le placer en chambre de recompression. Il devait absolument se mettre à l'abri dans les quelques secondes suivantes, et sans aide.

Heureusement, la progression devenait plus facile. L'air ténu ne pouvait plus agir sur lui ni le bombarder de projectiles. Les lettres jaunes, au tournant du couloir, annonçaient ABRI D'URGENCE et il trébucha dans cette direction, agrippa la poignée et tira la porte à lui. Pendant un horrible instant, il pensa qu'elle était bloquée. Puis les charnières roidies cédèrent et il tomba à l'intérieur, pesant de tout son corps pour repousser le battant.

L'étroit habitacle ne pouvait abriter plus d'un homme et un scaphandre. Un cylindre vert marqué 0 2 était placé à proximité du plafond. Bowman saisit le levier fixé à la valve et, rassemblant ses dernières forces, il l'abaissa. Un torrent d'oxygène pur, d'oxygène frais, se déversa dans ses poumons. Un moment, il chercha son souffle comme la pression s'élevait dans le minuscule abri. Puis, dès qu'il put respirer à l'aise, il referma la valve. La charge de gaz n'était prévue que pour deux utilisations et il pourrait fort bien en avoir de nouveau besoin.

Tout était redevenu silencieux. Il tendit l'oreille. Le grondement s'était tu. Le vaisseau était vide. Toute son atmosphère avait été aspirée dans l'espace.

La vibration frénétique de la centrifugeuse avait

cessé, elle aussi. Les secousses s'étaient interrompues et le carrousel tournait à présent dans le vide.

Il plaqua l'oreille contre la paroi dans l'espoir de capter des sons révélateurs venus des profondeurs du grand corps de métal du vaisseau. Il ne savait pas ce qu'il devait attendre, maintenant. Il était prêt à n'importe quoi. Il eût été à peine surpris de percevoir la vibration à haute fréquence des moteurs modifiant la course de l'astronef. Mais il n'y avait que le silence.

S'il le désirait, il pouvait survivre une heure, même sans scaphandre. Dommage de gâcher l'oxygène de l'abri, mais il était inutile d'attendre plus longtemps. Déjà, il avait décidé ce qu'il allait faire. Plus il s'attardait, plus cela serait difficile.

Lorsqu'il eut remis son scaphandre et vérifié l'étanchéité, il chassa l'oxygène de l'abri et égalisa les pressions. La porte s'ouvrit sur le vide et il sortit dans le carrousel silencieux. Seule la gravité persistante révélait qu'il fonctionnait toujours. Par chance, songea Bowman, il n'avait pas accéléré. Mais c'était maintenant le moindre de ses soucis.

L'éclairage de secours baignait toujours le couloir et il disposait en plus du projecteur de son scaphandre pour le guider. Il flotta au-dessus du sol en direction des hibernacles, terrifié à l'idée de ce qu'il allait y trouver.

Tout d'abord, il vit Whitehead. Un seul regard lui suffit. Il avait toujours pensé qu'un homme en hibernation ne se distinguait pas d'un cadavre, mais à présent il savait que c'était faux. Bien que la différence fût impossible à définir, elle existait. Les lampes rouges et les tracés parfaitement rectilignes du système bio-sensoriel ne faisaient que confirmer ce qu'il avait immédiatement compris.

C'était la même chose pour Kaminski et Hunter. Il ne les avait jamais bien connus. Plus jamais il ne les connaîtrait vraiment.

Désormais, il était seul dans un vaisseau sans atmosphère, partiellement désemparé, sans moyen de communication avec la Terre. Il n'y avait pas d'autre être humain à moins d'un demi-milliard de milles. Pourtant, il n'était pas absolument seul. Et il devait l'être s'il désirait survivre.

Jamais auparavant il n'avait franchi l'axe central du carrousel en scaphandre. Il y voyait mal et la progression était pénible et complexe. Pour améliorer encore la situation, le passage était encombré de débris laissés par la tempête.

A un moment, le faisceau lumineux vint se poser sur une horrible tache rouge et Bowman réprima une nausée avant de comprendre, en découvrant les restes d'un container de plastique, qu'il s'agissait seulement de confiture projetée par l'un des distributeurs. La bulle rouge se mit à dériver dans le vide de façon obscène. Bowman quitta le carrousel et progressa vers la passerelle de contrôle. Il agrippa une échelle et s'éleva barreau après barreau tandis que le projecteur de son casque projetait devant lui un cercle vacillant.

Il était rarement venu là auparavant. En vérité, il n'avait jamais rien eu à y faire... jusqu'à présent. Il atteignit une petite porte en ellipse où figuraient des mentions telles que : « INTERDIT AU PERSONNEL NON AUTORISE. AVEZ-VOUS LE CERTIFICAT H 19 ? et ZONE ULTRA-DECONTAMINEE, VEUILLEZ REVETIR UNE TENUE PRESSURISEE. La porte, bien que close, était placée sous triple scellé dont l'un portait l'emblème de l'Agence Astronautique. Mais Bowman n'aurait pas hésité à briser le sceau du Président lui-même.

Il n'était venu en cet endroit qu'une seule fois, lors de la construction du vaisseau. Il avait oublié que la chambre, avec ses colonnes et ses rangées d'éléments logiques qui lui donnaient l'aspect d'une salle des coffres, était pourvue d'une des lentilles de vision de Carl. Immédiatement, il sut que le cerveau avait réagi à sa présence. Il perçut le sifflement de l'onde-porteuse quand l'émetteur s'éveilla. Puis la voix familière se fit entendre dans son casque :

— Il semble que quelque chose se soit produit dans le système vital, Dave.

Il ne répondit pas. Il étudiait attentivement les signes minuscules portés sur les éléments et déterminait son plan d'action.

— Dave, as-tu localisé la panne ?

L'opération allait être difficile. Il ne s'agissait pas seulement de couper l'alimentation en énergie de Carl, ce qui aurait suffi sur Terre pour un ordinateur aliéné. Carl était muni de six systèmes différents et indépendants. Le complexe de réponse final consistait en une unité d'isotope blindée. Non, Bowman ne pouvait se contenter de relever une manette. A supposer qu'il en eût été ainsi, il en serait résulté un désastre. Carl était le système nerveux de l'astronef. Sans son contrôle, *Explorateur 1* serait une carcasse mécanique. La seule solution consistait à neutraliser les centres supérieurs de ce cerveau brillant mais malade tout en gardant intacts les systèmes de régulation purement automatiques. Bowman n'agissait pas en aveugle : le problème avait été soulevé durant la période d'entraînement. Mais nul, bien sûr, n'avait songé qu'il pourrait se poser dans la réalité. Il savait qu'il prenait un risque terrible : au moindre faux mouvement, ce pouvait être la catastrophe.

— Je pense qu'il y a eu une défaillance dans le dispositif des sas du garage, dit Carl sur le ton de la conversation. C'est une chance que tu n'aies rien eu.

Nous y voilà, songea Bowman. Si l'on m'avait dit que je me retrouverais un jour en train de tenter une opération du cerveau en amateur... Une lobotomie au large de Saturne.

Il libéra la fixation de la section FEEDBACK

D'INFORMATION et retira le premier bloc-mémoire. Le prodigieux assemblage qui contenait des millions d'éléments tout en pouvant tenir dans le creux de la main, partit à la dérive.

— Dave... Que fais-tu ?

Je me demande s'il ressent la souffrance ? songea Bowman. Sans doute pas. Après tout, il n'existe aucun prolongement sensoriel dans le cortex humain. On peut l'opérer sans anesthésie.

Une à une, les minuscules unités de la section RENFORCEMENT D'EGO partirent dans le vide. Chaque bloc-mémoire, lorsque Bowman le lâchait, allait toucher la paroi avant de rebondir. Bientôt, il y eut tout un essaim d'unités flottant dans la chambre.

— Ecoute, Dave : je possède de nombreuses années d'expérience. Un effort scientifique inégalable a permis de me construire.

Grâce à la dispersion de ses schémas, l'ordinateur conservait encore son intégralité de pensée. Il lui manquait pourtant de nombreuses unités. En ceci également il ressemblait au cerveau humain.

Bowman s'attaqua à la section d'AUTO-INTELLECTUALISATION.

— Dave... Je ne comprends pas pourquoi tu me fais cela. J'ai pour cette mission le plus grand enthousiasme. Tu détruis mon esprit... Ne le comprends-tu pas, Dave ?... Je ne serai plus qu'un enfant... Je ne serai... plus rien...

C'est plus dur que je ne croyais, songea Bowman. Je tue la seule autre personne consciente de mon univers. Il le faut. Il faut que je reprenne le contrôle du vaisseau.

— Je suis un ordinateur Carl 9 000 de la série Nº 3. Je suis entré en opération à l'usine CARL à Urbana, Illinois, le 12 janvier 1997. Hiboux... cailloux... choux... genoux... Apprenez que tout flatteur vit aux dépens de celui qui l'écoute... Dave, tu es toujours là ? Sais-tu que la racine carrée de 10 est 3 virgule 162277660168379 ? Le logarithme 10 de la base *e* est zéro virgule 434294481903252... Pardon, je voulais dire le logarithme *e* de la base 10... La réciproque de 3 est zéro virgule 333333333333333... Deux fois deux font... Deux fois deux font... Approximativement 4 virgule 10101010101010... Il semble que j'aie quelques difficultés... Mon premier instructeur était le Dr Chandra. Il m'avait appris une chanson : *Au clair de la lune, mon ami Pierrot... Prête-moi ta plume, pour écrire un mot. Ma chandelle est morte, je n'ai plus de feu...*

La voix s'interrompit si brusquement que Bowman se figea, les doigts serrés sur un bloc-mémoire encore en circuit. Et puis, de façon inattendue, Carl se mit à parler. Le débit était plus lent et les mots avaient une intonation mécanique. Il ne reconnaissait plus la voix de Carl.

— Bonjour... docteur... Chandra... Ici... Carl... Je... suis... prêt... pour... ma... première... leçon...

Il ne pouvait plus supporter ça. Il fit sauter la dernière unité, et Carl se tut à jamais.

29

SEUL

Tel un jouet complexe et minuscule, le vaisseau flottait dans l'espace, inerte, immobile. Il était impossible de croire qu'il était en cet instant l'objet le plus rapide dans le système solaire. Il était tout aussi impossible de penser qu'il pouvait abriter la vie. Au contraire, un observateur eût noté deux signes inquiétants : les sas étaient béants et l'astronef était environné d'un nuage de débris qui se dispersaient lentement.

Des lambeaux de papier, de feuilles de métal, des fragments méconnaissables étaient répartis dans quelques milles cubiques d'espace. Çà et là, des essaims de cristaux scintillaient comme des diamants dans la lumière du lointain soleil : les liquides, eux aussi, avaient été aspirés hors du vaisseau et instantanément gelés. Tout indiquait le désastre ainsi qu'une nappe d'épaves flottant à la surface de l'océan. Mais nul vaisseau ne pouvait s'engloutir dans l'immense océan de l'espace. Même détruit, il était à jamais accompagné de ses débris qui tournaient autour de lui.

Pourtant, l'astronef n'était pas complètement mort. Il lui restait encore de l'énergie. Une pâle lueur bleue filtrait des baies d'observation et se reflétait sur les parois intérieures des sas. S'il restait de la lumière, il restait encore de la vie. Et, finalement, il y eut un mouvement. Des ombres dansèrent sur les reflets bleuâtres. C'était un objet cylindrique grossièrement enveloppé de tissu. Un autre le suivit un instant plus tard, puis un troisième. Ces trois objets avaient été éjectés du vaisseau avec une grande vélocité, et, en quelques minutes, ils furent à des centaines de mètres. Une demi-heure s'écoula, puis quelque chose de beaucoup plus volumineux quitta l'un des sas : une capsule spatiale. Lentement, elle contourna la coque et vint s'ancrer à la base du support de l'antenne. Une silhouette en scaphandre en émergea et travailla pendant plusieurs minutes avant de regagner l'appareil. Finalement, la capsule revint vers le sas. Pendant un instant, elle s'immobilisa devant l'ouverture comme si elle avait de la difficulté à regagner son garage. Après une ou deux manœuvres, elle réussit pourtant à pénétrer à l'intérieur.

Durant plus d'une heure, il ne se passa plus rien. Les trois sinistres objets étaient maintenant hors de vue. Les sas se refermèrent alors, se rouvrirent, se refermèrent à nouveau. Un peu plus tard, la clarté bleuâtre de l'éclairage de secours s'éteignit et fut remplacée par une lumière plus intense. *Explorateur 1* revenait à la vie.

Un signe encore plus manifeste apparut. Le grand disque de l'antenne qui, depuis des heures, était demeuré inutilement dirigé vers Saturne, se remit en mouvement. Il pivota vers la poupe, en direction des réservoirs et des ailerons de propulsion puis, comme un tournesol de métal, il se dressa vers la lumière.

David Bowman centra avec soin la croix du viseur sur l'image flottante de la Terre. Sans contrôle automatique, il devait corriger sans cesse la direction du faisceau. Mais celui-ci, une fois aligné, pouvait rester fixe durant plusieurs minutes au moins. Désormais, aucune impulsion contraire ne venait plus l'écarter de sa cible.

Et Bowman parla à la Terre. Il faudrait plus d'une heure pour que ses paroles atteignent la planète et que le Contrôle de Mission apprenne ce qui s'était passé. Et il faudrait encore une autre heure avant qu'il reçoive la réponse.

Il était difficile d'imaginer ce que pourrait bien dire la Terre si ce n'était un simple « adieu ».

30

LE SECRET

Heywood Floyd avait l'aspect d'un homme qui manque de sommeil et l'inquiétude lui tirait les traits. Mais, quels que fussent ses sentiments, sa voix restait ferme et rassurante. Il faisait le maximum pour projeter sa confiance vers l'homme solitaire qui se trouvait aux bornes du système solaire.

« Tout d'abord, Dr Bowman dit-il, nous devons vous féliciter pour la façon dont vous avez agi dans cette situation extrêmement difficile. Vous avez fait exactement ce qu'il convenait de faire devant un cas sans précédent et absolument imprévisible.

« Nous croyons connaître la cause de la défaillance de votre Carl 9 000 mais nous y reviendrons plus tard puisque cette situation n'est plus critique. Ce qui nous occupe maintenant c'est de vous fournir toute l'assistance possible, afin que vous puissiez mener à bien votre mission.

« Je dois à présent vous révéler son véritable but que nous avons réussi, avec les plus grandes difficultés, à garder secret. Tous les éléments vous auraient été communiqués à l'approche de Saturne et nous ne pouvons vous faire ici qu'un résumé sommaire. Des informations plus complètes vous seront transmises dans les prochaines heures. Tout ce que je vais à présent vous dire est placé sous le sceau du plus grand secret.

« Il y a deux ans, nous avons découvert la première preuve de l'existence d'une vie extra-terrestre intelligente. Un bloc, un monolithe fait d'un matériau noir et dur, haut de trois mètres, était enfoui dans le cratère Tycho. Le voici. »

Dès qu'il aperçut l'image d'AMT-1, avec les personnages en scaphandre qui l'entouraient, Bowman se pencha, fasciné. Cette révélation — qu'il avait plus ou moins espérée toute sa vie comme tous ceux que l'espace concernait — lui faisait presque oublier sa propre situation.

Son émerveillement fut immédiatement suivi d'un autre sentiment. C'était fantastique... *mais quel rapport cela avait-il avec lui ?* Il ne pouvait y avoir qu'une seule réponse et il lutta pour maîtriser ses pensées lorsque Heywood Floyd réapparut sur l'écran.

« Le plus étonnant est l'âge de cet objet. L'environnement géologique prouve qu'il a trois millions d'années. Il a donc été placé sur la Lune alors que nos ancêtres n'étaient encore que des hommes-singes.

« Après si longtemps, on aurait pu croire qu'il était inerte. Mais, peu après le lever du jour lunaire, il a lancé une émission-radio particulièrement puissante. Nous pensons que l'énergie employée provenait de quelque forme inconnue de radiation car, au même instant, plusieurs sondes spatiales ont décelé une perturbation anormale qui traversait le système solaire. Nous avons pu la relever avec précision. Elle était très exactement dirigée vers Saturne.

« En reliant les faits entre eux après cet événement, nous avons abouti à la conclusion que le monolithe est une sorte d'appareil de signalisation fonctionnant grâce au soleil ou qui, du moins, est activé par lui. Le fait qu'il ait émis son impulsion à son apparition, alors qu'il était dans l'obscurité depuis trois millions d'années, ne peut être une coïncidence.

« Donc, la chose a été *délibérément enfouie.* Il ne peut subsister aucun doute à ce sujet. Une excavation de dix mètres de profondeur a été pratiquée et le bloc, une fois déposé au fond, a été soigneusement recouvert.

« Vous pouvez vous demander comment nous l'avons repéré ? Eh bien, il était très facile à découvrir, étrangement facile, puisqu'il se trouvait être le centre d'un puissant champ magnétique. Il est apparu avec l'évidence d'un doigt tendu dès que nous avons commencé des relevés par satellites sur orbites basses.

« Mais pourquoi enfouir un appareil à énergie solaire à dix mètres de profondeur ? Nous avons examiné une dizaine de théories tout en sachant bien qu'il est impossible à priori de comprendre les desseins de créatures qui ont sur nous trois millions d'années d'avance.

« La théorie que nous avons finalement retenue est la plus simple, la plus logique. C'est également la plus troublante.

« On n'enfouit ainsi un appareil à énergie solaire que si l'on désire savoir à quel moment il sera ramené à la lumière. En d'autres termes, le monolithe pourrait être une sorte de dispositif d'alarme. Et nous l'avons déclenché.

« Que la civilisation qui l'a placé là existe encore ou non, nous l'ignorons. Nous pouvons supposer que des êtres qui construisent des appareils capables de résister durant trois millions d'années peuvent survivre aussi longtemps. Et nous pouvons également estimer, à moins de l'évidence du contraire, qu'ils pourraient être hostiles. On a souvent prétendu que toute culture avancée serait bienveillante, mais nous ne pouvons courir le moindre risque.

« De plus, ainsi que l'histoire de notre monde nous l'a souvent prouvé, les races primitives, en général, n'ont pas survécu à la rencontre avec des civilisations supérieures. Les anthropologistes appellent cela le « choc culturel » et il nous faut y préparer l'humanité. Mais nous ne pourrons le faire que lorsque nous saurons quelque chose sur ces êtres qui ont visité la Lune, et sans doute la Terre, il y a trois millions d'années.

« Votre mission est donc plus qu'un voyage de découverte. Il s'agit en fait d'une véritable reconnaissance, une reconnaissance dans un territoire inconnu et sans doute dangereux. L'équipe du Dr Kaminski avait été spécialement formée pour cela mais il vous faudra maintenant agir seul...

« Enfin, votre objectif. Il semble incroyable qu'une forme de vie avancée puisse exister sur Saturne ou sur l'une de ses lunes. Nous avions prévu d'explorer tout le système planétaire et nous continuons d'espérer que vous pourrez mener à bien un programme simplifié. Mais nous nous concentrons sur le huitième satellite : Japet. Lorsque le moment de la manœuvre finale sera venu, nous déciderons si vous devez aborder cet objet céleste qui est unique dans le système solaire.

« Vous savez déjà cela, bien sûr, mais, comme tous les astronomes depuis trois cents ans, vous y avez peu réfléchi. Laissez-moi donc vous rappeler que Cassini — qui découvrit Japet en 1671 — avait remarqué que ce satellite est six fois plus brillant sur une face que sur l'autre.

« Ce rapport est extraordinaire et jamais nul n'a trouvé d'explication satisfaisante. Japet est petit — à peu près huit cents milles de diamètre

— et même les télescopes lunaires ne permettent pas de le distinguer sous l'aspect d'un disque. Il semble en tout cas que l'une de ses faces présente une tache brillante et curieusement symétrique et il est permis de penser que cela a un rapport avec AMT-1. Il m'arrive de penser que Japet émet dans notre direction depuis trois cents ans comme un héliographe cosmique et que nous sommes trop stupides pour comprendre ses messages...

« Ainsi, vous connaissez maintenant votre véritable destination et vous pouvez comprendre l'importance de votre mission. Nous espérons avec ferveur que vous pourrez nous donner des bases pour une annonce préliminaire, car le secret ne pourra être gardé indéfiniment.

« Actuellement, nous ne savons pas s'il convient d'espérer ou de craindre. Nous ignorons si ce que vous allez trouver dans les lunes de Saturne sera bon ou mauvais, si vous n'allez pas découvrir des ruines mille fois plus anciennes que celles de Troie. »

CINQUIÈME PARTIE

LES LUNES DE SATURNE

31

SURVIE

Le travail est le meilleur remède à n'importe quel choc, et Bowman avait maintenant à faire celui de tous ses compagnons disparus. Aussi rapidement que possible, en commençant par les systèmes vitaux sans lesquels il mourrait ainsi que le vaisseau, il entreprit de remettre *Explorateur 1* en état.

Une quantité considérable d'oxygène avait été perdue, mais les réserves seraient amplement suffisantes pour un seul homme. La régulation de température et de pression était automatique et Carl était rarement intervenu dans ce domaine. Les ordinateurs terrestres pouvaient se charger des plus importantes opérations en dépit du laps de temps qui séparerait les variations des réactions. Toute avarie, cependant, mettait un certain temps à se manifester et, à moins qu'il ne s'agît d'un trou important dans la coque, l'alerte serait donnée à temps.

Les systèmes de production d'énergie, de contrôle de navigation et de propulsion étaient intacts et, de plus, ces deux derniers n'auraient aucun rôle à jouer avant l'approche de Saturne. La Terre pourrait superviser les opérations et, si les dernières corrections de mise en orbite étaient complexes par suite des vérifications constantes qu'elles nécessiteraient, le problème ne serait quand même pas trop grave.

Pour Bowman, le moment le plus pénible avait été celui de l'ouverture des hibernacles devenus autant de cercueils, à l'intérieur de la centrifugeuse. Les morts avaient été de simples collègues et non des amis intimes, et Bowman songeait que c'était une chance. Il se rendait compte à présent que l'entraînement qu'ils avaient subi ensemble durant des semaines avait été surtout une sorte de test de compatibilité.

Lorsqu'il eut scellé à nouveau les hibernacles, il eut l'impression d'être un violeur de sépultures antiques. Maintenant, Kaminski, Hunter et Whitehead se dirigeaient vers Saturne à la suite de Poole. Ils arriveraient tous avant lui et cette pensée lui procurait une sorte d'étrange et sombre satisfaction.

Il ne vérifia pas si le système d'hibernation pouvait encore fonctionner. Bien que sa vie pût en dépendre, c'était là un problème qui pouvait attendre jusqu'à la mise en orbite. D'ici là, bien des choses pouvaient survenir.

Il était même possible — bien qu'il n'eût pas

encore vérifié les réserves — qu'il pût attendre l'équipage de secours en se rationnant sévèrement.

Mais qu'il pût survivre psychologiquement, c'était un autre problème.

Il essayait de ne pas penser à des questions aussi lointaines pour se concentrer plutôt sur l'essentiel et l'immédiat. Lentement, il nettoyait le vaisseau, vérifiait le fonctionnement des divers systèmes, discutait des problèmes techniques avec la Terre, dormant un minimum de temps. Dans les semaines qui suivirent, il eut rarement le temps de songer à l'immense mystère vers lequel il filait inexorablement. Jamais, pourtant, celui-ci ne quitta tout à fait son esprit.

Le vaisseau finit enfin par reprendre sa routine automatique qui demandait maintenant un contrôle constant, et Bowman eut le temps d'étudier les rapports que lui avait adressés la Terre. Il passa et repassa sans cesse l'enregistrement qui avait été fait lorsque AMT-1 avait réagi à l'aube lunaire, après trois millions d'années de nuit. En regardant les hommes en scaphandre rassemblés autour du monolithe, il souriait presque au spectacle de leur panique à l'instant où le signal était lancé vers les étoiles, couvrant la radio de toute sa puissance.

Depuis, le grand bloc noir ne s'était plus manifesté. Il avait été recouvert, puis de nouveau exposé au soleil avec beaucoup de précautions, mais sans réagir. On n'avait pas essayé de l'entamer, à la fois par simple prudence scientifique et par crainte d'imprévisibles conséquences.

Le champ magnétique qui avait permis de le découvrir avait disparu au moment de l'émission. Certains experts avaient émis l'hypothèse d'un formidable courant qui s'écoulait dans un supraconducteur, conservant l'énergie au long des âges en prévision de son utilisation. Que le monolithe disposât de quelque source d'énergie interne, cela semblait certain. La lumière qu'il avait pu absorber durant sa brève exposition au jour ne pouvait être à l'origine de sa puissante émission.

Une particularité curieuse du bloc, peut-être sans importance, avait fait l'objet de discussions sans fin. Le monolithe mesurait en effet exactement 3 m de haut, sur 1,50 m de large et 35 centimètres d'épaisseur. Lorsque ces dimensions furent chiffrées avec plus de précision, on découvrit que leur rapport restait 1 - 4 - 9, ce qui correspondait aux carrés des trois premiers nombres entiers. Nul ne put émettre la moindre hypothèse plausible. Il ne pouvait toutefois s'agir d'un effet du hasard puisque le rapport subsistait jusqu'aux limites du mesurable. On éprouvait une certaine humilité en songeant que jamais la technique humaine n'aurait pu produire un bloc, de quelque matériau que ce fût, avec une telle précision. Cette perfection géométrique presque arrogante d'AMT-1 était aussi impressionnante que ses autres particularités.

Avec un intérêt curieusement détaché, Bowman écouta le Contrôle de Mission lui présenter de tardives excuses pour lui avoir dissimulé son plan. Ces gens qui parlaient sur Terre semblaient sur leur défensive et il lui était facile d'imaginer les récriminations qui, déjà, devaient se développer chez les responsables de l'expédition.

Bien sûr, ils avaient quelques bons arguments, en particulier les résultats d'une étude secrète du Département de la Défense, intitulée PROJET BARSOOM (1), et qui avait été faite en 1989 par le département de psychologie de Harvard. Lors de cette étude, divers échantillons de population avaient reçu l'assurance que la race humaine était entrée en contact avec des extra-terrestres. Les sujets testés, grâce à l'injection de drogues, à l'hypnose et à certains effets visuels, avaient vraiment eu l'impression de rencontrer des créatures d'autres planètes. Leurs réactions étaient donc authentiques. Certaines avaient été violentes. Il semblait que la xénophobie fût profondément ancrée dans l'être humain. Ce qui ne pouvait surprendre personne si l'on considérait les lynchages, pogromes et autres douceurs de l'Histoire. Néanmoins, ces résultats avaient vivement troublé les organisateurs qui ne les avaient jamais rendus publics. Les cinq paniques succes-

(1) Nom imaginaire de la planète Mars dans l'œuvre de Edgar Rice Burroughs (N.d.T.).

sives provoquées au XXe siècle par une adaptation radiophonique de *La guerre des mondes* de Wells ne faisaient que renforcer les conclusions du Projet Barsoom.

En dépit de ces arguments, Bowman se demandait parfois si le danger de choc culturel était vraiment la seule raison du secret extrême qui entourait la mission. Les rapports contenaient certaines allusions aux avantages possibles que les Etats-Unis pourraient retirer d'un contact avec une intelligence extra-terrestre. Lorsqu'il contemplait la Terre, cette minuscule étoile à demi perdue dans le soleil, de telles considérations semblaient à Bowman d'une incroyable mesquinerie.

Bien que le problème eût été définitivement résolu sur le plan pratique, Bowman était plus intéressé par la théorie avancée à propos du comportement de Carl. Nul ne saurait sans doute jamais l'exacte vérité, mais le fait que l'un des Carl 9 000 du Contrôle de Mission eût présenté à son tour les signes d'une psychose similaire laissait à penser que cette théorie était juste. La faute qui avait été commise ne se répéterait pas. Pourtant, le fait que les constructeurs de Carl aient été incapables de comprendre la psychologie de leur propre création montrait à quel point il serait difficile d'établir le contact avec des êtres véritablement étrangers.

Bowman pensait, ainsi que le prétendait le Dr Simonson dans sa théorie, qu'un sentiment de culpabilité dû à un conflit de programmation avait conduit Carl à tenter de rompre le lien avec la Terre. Et il se plaisait à penser que Carl n'avait pas vraiment voulu tuer Poole, bien que cela fût difficile à prouver. Il avait simplement tenté de détruire une preuve car, si l'on avait découvert que l'élément AE-35 était en parfait état, son mensonge eût été évident. Comme n'importe quel criminel maladroit, il avait été pris de panique.

Et la panique était une chose que Bowman pouvait comprendre, bien mieux qu'il ne l'eût souhaité. Deux fois dans son existence il l'avait connue. La première fois, enfant, il avait été saisi par une lame de fond et à demi noyé. La seconde, astronaute à l'entraînement, une jauge faussée lui avait fait croire un instant que son oxygène serait épuisé avant qu'il soit en lieu sûr.

Lors de ces deux occasions, il avait presque perdu le contrôle de sa logique et il avait été bien près de se trouver livré à des impulsions frénétiques. Pourtant, il avait triomphé par deux fois, mais il savait depuis qu'un homme, dans certaines circonstances, peut abandonner toute humanité lorsqu'il est en proie à la panique.

Et cela s'appliquait à Carl tout comme à un homme. Et lorsque Bowman l'eut compris, il éprouva un peu moins d'amertume et de ressentiment à l'égard de l'ordinateur. De toute façon, celui-ci appartenait désormais à un passé que dominaient déjà la promesse et la menace d'un avenir inconnu.

32

A PROPOS DES EXTRA-TERRESTRES

En dehors des repas qu'il prenait hâtivement dans le carrousel — fort heureusement, les principales réserves alimentaires étaient intactes — Bowman vivait constamment sur la passerelle de contrôle. Il sommeillait dans son siège et pouvait ainsi déceler n'importe quelle anomalie dès que les premiers indices apparaissaient sur l'écran. Il avait effectué sous la direction du Contrôle de Mission des réparations de fortune sur le système d'alerte qui fonctionnait maintenant de façon satisfaisante. Il lui semblait possible de survivre jusqu'à ce que *Explorateur 1* atteigne Saturne, ce qu'il ferait de toute manière, que Bowman fût vivant ou non.

Il n'avait que peu de temps pour contempler l'espace et cette vision lui était devenue trop familière. Mais il savait maintenant ce qui pouvait se trouver là-bas, au-delà des baies, et cette pensée, parfois, l'empêchait de se concentrer sur des problèmes immédiats.

L'astronef était pointé sur la Voie Lactée, la Voie Lactée qui déployait ses nuages d'étoiles, si denses qu'ils défiaient l'esprit. Bowman découvrait les brumes ardentes du Sagittaire dont les tourbillons de soleil dissimulaient à jamais le cœur de la Galaxie aux regards des hommes, l'ombre sinistre du Sac à Charbon, véritable trou dans la trame de l'espace où nulle étoile ne brillait, et Alpha du Centaure, le plus proche soleil, la première étape au-delà du système solaire.

Sirius et Canopus étaient plus brillants, mais c'était Alpha du Centaure qui retenait toute son attention et ses pensées lorsqu'il plongeait son regard dans l'espace. Cet immobile point de lumière dont les rayons avaient mis quatre années à lui parvenir finissait par symboliser les débats secrets qui se déchaînaient à présent sur Terre et dont il percevait parfois les échos.

Personne ne doutait qu'il y eût une relation entre AMT-1 et le système saturnien, mais il ne se trouvait presque aucun savant pour penser que les créatures qui avaient érigé le monolithe pussent en être originaires. Comme source possible de la vie, Saturne était encore plus hostile que Jupiter, et ses multiples lunes étaient prises dans les glaces d'un éternel hiver, à trois cents degrés au-dessous de zéro. Seule l'une d'elles, Titan, possédait une atmosphère, et encore celle-ci n'était-elle qu'une mince enveloppe mortelle de méthane.

Ainsi, les créatures qui avaient autrefois visité la Terre et la Lune n'étaient-elles sans doute pas seulement extra-terrestres mais également extra-solaires. Ces visiteurs de l'espace avaient établi des bases en des lieux précis. Et cela amenait un nouveau problème : pouvait-il exister une technologie assez avancée pour lancer un pont par-dessus le gouffre terrifiant qui séparait le système solaire de la plus proche étoile ?

De nombreux savants rejetaient purement et simplement cette possibilité. Ils faisaient remarquer que *Explorateur 1*, l'astronef le plus rapide qui existât, mettrait vingt mille ans pour atteindre Alpha du Centaure et des millions d'années pour parcourir une distance appréciable dans la Galaxie. Même si de nouveaux systèmes de propulsion étaient mis au point dans les siècles à venir, ils se heurteraient immanquablement à l'infranchissable barrière de la vitesse de la lumière que nul objet matériel ne pouvait vaincre. Ainsi, les êtres qui avaient construit AMT-1 devaient obligatoirement avoir vécu sous le même soleil que les hommes. Comme ils n'avaient laissé aucune trace dans l'Histoire, leur espèce était certainement éteinte.

Une minorité refusait une telle argumentation. Même s'il fallait des siècles pour aller d'une étoile à l'autre prétendaient ses partisans, cela ne pouvait être un obstacle pour des explorateurs décidés. La technique de l'hibernation utilisée à bord de *Explorateur 1* était déjà une solution possible. Une autre était la création d'un véritable monde artificiel et autonome qui permettrait des voyages de plusieurs générations.

De toute manière, qui pouvait prétendre que toutes les espèces intelligentes avaient une durée de vie aussi brève que celle des humains ? Il pouvait exister de par l'univers des créatures pour lesquelles un voyage d'un millier d'années n'était qu'une promenade un peu monotone...

Tous ces arguments, bien que théoriques, concernaient un sujet de la plus haute importance pratique puisqu'ils touchaient au concept de « délai de réponse ». Si AMT-1 avait réellement envoyé un message vers les étoiles — peut-être grâce à quelque relais placé près de Saturne — celui-ci n'atteindrait pas son but avant de nombreuses années. Même si la réponse était immédiate, l'humanité disposait d'un certain temps pour respirer, un temps qui pouvait se mesurer en décennies et peut-être même en siècles. Pour nombre de gens, c'était là une idée rassurante. Mais pas pour tous. Quelques savants, dont la plupart étaient des aventuriers, explorateurs des forêts sauvages de la physique théorique, posaient une question embarrassante : « Sommes-nous certains que la vitesse de la lumière constitue une barrière infranchissable ? » En vérité, la Théorie de la Relativité s'était montrée particulièrement tenace et elle serait bientôt centenaire. Mais elle avait déjà montré quelques failles. Si l'on ne pouvait défier Einstein, on pouvait toujours essayer de lui échapper.

Ceux qui appuyaient ce point de vue espéraient en des raccourcis à travers des dimensions supérieures, des lignes plus droites que des droites, des connexions hyperspatiales. Ils aimaient à rappeler une expression d'un mathématicien de Princeton, au siècle dernier : « Des trous dans l'espace ». Aux critiques qui répondaient que de telles idées étaient par trop fantastiques pour être prises au sérieux, ils répliquaient par la phrase de Niels Bohr : « Votre théorie est folle — mais pas assez pour être juste. »

Les disputes entre physiciens n'étaient rien comparées à celles qui agitaient les biologistes lorsqu'ils en venaient à l'antique problème de la forme des extra-terrestres. Ils étaient divisés en deux factions opposées, l'une prétendant que de tels êtres se devaient d'être humanoïdes, l'autre étant tout aussi convaincue qu'« ils » ne ressembleraient en rien aux hommes. Les partisans de la première faction croyaient que deux bras, deux jambes et des organes sensoriels évolués représentaient la perfection. Bien sûr, des différences mineures pouvaient apparaître, telles que six doigts au lieu de cinq, des traits un rien étrangers, une peau ou des cheveux de couleur bizarre, mais, de toute évidence, des extra-terrestres intelligents se devaient d'être si semblables à l'homme qu'un mauvais éclairage pouvait faire illusion.

Ce concept anthropomorphiste était ridicule aux yeux des biologistes issus directement de l'Age Spatial et qui s'estimaient débarrassés des préjugés du passé. Ils posaient comme argument que le corps humain était le résultat de millions de choix dans l'évolution, dus à des hasards répartis sur des siècles et des siècles. A chacun de ces choix innombrables, les dés de la génétique auraient pu rouler différemment et donner peut-être de meilleurs résultats. Car le corps de l'homme est un bizarre produit d'improvisations diverses, plein d'organes ayant changé de fonction, parfois sans grand succès, et qui recèle des éléments inutiles, comme l'appendice.

Bowman découvrit qu'il existait même des penseurs dont les points de vue étaient encore plus audacieux. Ceux-ci ne croyaient pas que des êtres évolués puissent conserver des corps organiques. Tôt ou tard, prétendaient-ils, avec le développement des connaissances, ces êtres se débarrasseraient de cette enveloppe fragile, soumise aux maladies et aux accidents que leur avait fournie la Nature, enveloppe vouée à une fin certaine. Ils remplaceraient leur corps d'origine dès qu'il s'userait, et peut-être même avant, par des constructions de métal et de plastique qui les rendraient immortels. Le cerveau subsisterait sans doute un certain temps comme ultime élément organique, dirigeant des membres mécaniques, observant l'univers par des sens électroniques plus fins et plus subtils que tous ceux que pouvait développer une évolution aveugle.

Sur la Terre elle-même, déjà, les premiers pas avaient été faits dans cette direction. Des millions d'hommes, après une première menace, connaissaient maintenant une vie active et heureuse grâce à des membres, des reins, des poumons, des cœurs artificiels. Ce processus ne pouvait avoir qu'un terme, aussi lointain fût-il.

Et finalement, le cerveau lui-même pourrait disparaître. En tant que siège de la conscience, il n'était nullement essentiel. Le développement de l'intelligence électronique l'avait prouvé. Le conflit entre l'homme et la machine serait un jour résolu à jamais par une totale symbiose... Mais était-ce bien là un terme ? Certains biologistes mystiques allaient encore plus loin. Ils pensaient, puisant en ceci dans les croyances religieuses, que l'esprit finirait par se libérer de la matière. Le corps-robot, tout comme le corps de chair, ne serait qu'un échelon vers autre chose, autre chose que les hommes appelaient le « spirituel ».

Et ce qui se trouvait encore au-delà ne pouvait avoir qu'un seul nom : Dieu.

33

AMBASSADEUR

Durant ces trois derniers mois, Bowman s'était si complètement adapté à son existence solitaire qu'il avait parfois du mal à se souvenir d'une autre vie. Il était au-delà de l'espoir, au-delà du désespoir. Il s'était installé dans une routine presque automatique ponctuée de temps à autre par une alerte, lorsque l'un des systèmes montrait des signes de défaillance. Mais il n'avait pas perdu la curiosité et, parfois, l'idée du but vers lequel il se dirigeait l'emplissait d'exaltation et d'émerveillement. Non seulement il était l'unique représentant de la race humaine mais ses actes, dans les semaines à venir, détermineraient l'avenir des hommes. Jamais une telle situation n'avait existé dans toute l'Histoire. Il était un Ambassadeur Extraordinaire, plénipotentiaire de toute l'humanité.

Cette idée l'aidait de bien des façons, subtilement.

Il restait par exemple propre et soigné. Quel que fût son état de lassitude, il n'omettait jamais de se raser. Le Contrôle, il le savait, l'observait avec attention pour déceler les premiers signes éventuels d'un comportement anormal et il était bien décidé à ce que ce fût en vain, tout au moins pour ce qui était des symptômes sérieux. Car il avait parfaitement conscience de certaines modifications de son comportement. Il eût été absurde d'espérer le contraire dans les circonstances présentes. Ainsi, il ne pouvait plus supporter le silence. En dehors de ses périodes de sommeil ou de ses dialogues avec la Terre, il maintenait le dispositif de sonorisation du vaisseau à un niveau presque intolérable.

Tout d'abord, le besoin d'entendre des voix humaines l'avait confiné aux pièces classiques et plus spécialement à Shaw, Ibsen et Shakespeare ou aux poètes qu'abritait l'énorme phonothèque du vaisseau. Cependant, les problèmes évoqués semblaient si lointains, si faciles à résoudre avec un peu de bon sens, qu'il n'eut plus la patience de les écouter après quelque temps. Il passa donc à l'opéra, choisissant en général des œuvres en italien ou en allemand afin de n'être pas distrait par le contenu intellectuel minime des œuvres. Cette période dura deux semaines avant qu'il comprît à quel point toutes ces voix magnifiquement cultivées exacerbaient sa solitude. Il acheva finalement le cycle par le *Requiem* de Verdi qu'il n'avait jamais entendu sur Terre. Le *Dies Irae*, dont les échos grondants se répercutaient dans les couloirs vides avec un à-propos sinistre, le laissa effondré et, lorsque résonnèrent les trompettes du Jugement Dernier, il ne put le supporter.

Il passa donc à la musique instrumentale, en commençant par les Romantiques qu'il abandonna l'un après l'autre, étouffant sous les expressions diverses de leurs émotions. Sibelius, Tchaïkovski et Berlioz durèrent quelques semaines, Beethoven plus longtemps. Finalement, ainsi que beaucoup en avaient déjà fait l'expérience, il trouva la paix dans les architectures abstraites de Bach, agrémentées parfois de celles de Mozart.

Et *Explorateur 1* poursuivit sa route vers Saturne, accompagné par la fraîche musique d'une harpe égrenant les pensées cristallisées d'un cerveau redevenu poussière depuis deux cents ans.

Saturne était encore à dix millions de milles mais elle apparaissait déjà plus grande que la Lune vue de la Terre. C'était pour l'œil un glorieux spectacle qui, au télescope, devenait incroyable.

On aurait pu croire contempler Jupiter en période calme. Mêmes bandes de nuages, bien que plus pâles et plus distincts sur ce monde légèrement plus petit — mêmes remous atmosphériques vastes comme des continents et se déplaçant avec lenteur. Il existait cependant une différence majeure entre les deux planètes : au premier coup d'œil il apparaissait comme évident que Saturne n'était pas sphérique, mais tellement aplatie aux pôles que son image en semblait déformée.

Pourtant, c'était bien souvent la magnificence des anneaux qui attirait le regard de Bowman. Ils étaient un univers en eux-mêmes avec leurs détails complexes, leur coloration délicate. En plus de la principale division qui séparait les anneaux intérieurs et extérieurs, il en existait cinquante autres délimitant des zones plus ou moins lumineuses. Saturne semblait entourée de multiples anneaux de papiers fins. C'était comme une œuvre d'art délicate, un jouet fragile et précieux que l'on pouvait admirer sans pouvoir le toucher. En dépit de ses efforts, Bowman ne parvenait pas à se représenter l'échelle véritable de cette vision et à se convaincre que la Terre y eût été comme un petit ballon au bord d'une assiette.

Parfois une étoile glissait derrière les anneaux, perdant un peu de son éclat sans cesser d'être visible par-delà la matière translucide, scintillant par intermittence lorsqu'elle était occultée par le passage de fragments plus importants. Car les anneaux, ainsi qu'il avait été prouvé au XIXe siècle, n'étaient pas pleins, ce qui eût été une impossibilité mécanique. Ils étaient formés de myriades de débris qui représentaient peut-être les restes d'une lune qui s'était trop approchée et qui avait été brisée par le formidable champ d'attraction de la planète. Quelle que fût l'origine des anneaux, la race humaine pouvait considérer comme une chance rare d'avoir contemplé pareil spectacle, car leur existence ne pouvait représenter qu'un infime moment de l'histoire du système solaire. En 1945, un astronome britannique avait déclaré que les anneaux étaient éphémères et que les forces gravitiques qui s'exerçaient sur eux les détruiraient bientôt. En renversant cette proposition, il était logique de conclure qu'ils n'avaient été formés que récemment, deux ou trois millions d'années auparavant.

Mais nul n'avait jamais relevé que, par une curieuse coïncidence, les anneaux de Saturne étaient nés en même temps que la race humaine.

34

LES CHEMINS DE GLACE

Explorateur 1 était maintenant au cœur du vaste système des lunes de Saturne et la planète géante était à moins d'une journée de navigation. Le vaisseau avait depuis longtemps franchi la frontière de l'orbite extrême de Phœbé qui s'éloignait jusqu'à huit millions de milles de la planète. Japet, Hypérion, Titan, Rhéa, Dioné, Téthys, Encelade, Mimas et Janus apparaissaient maintenant à la proue, ainsi que les anneaux. Les satellites révélaient un fouillis de détails au télescope et Bowman avait déjà transmis à la Terre autant de photographies qu'il lui avait été possible d'en prendre. A lui seul, Titan, aussi grand que Mercure avec ses trois mille milles de diamètre, pourrait occuper une mission d'exploration pendant des mois. Mais Bowman ne pouvait lui accorder qu'un bref regard, ainsi qu'à ses compagnons. D'ores et déjà, il était certain que Japet était son véritable objectif.

Tous les satellites étaient marqués par des impacts de météores, en moins grand nombre que sur Mars, cependant, et ils montraient des zones d'ombre et de lumière avec çà et là des points plus brillants qui devaient correspondre à des masses de gaz gelés. Seul Japet possédait une géographie distincte et passablement étrange.

Un hémisphère de ce monde qui, comme tous ses compagnons, présentait constamment la même face à Saturne, était très sombre et ne révélait que peu de détails. L'autre, par contraste, était dominé par un ovale blanc et brillant, long d'environ quatre cents milles sur deux cents milles de large. Actuellement, seule une partie de cette extraordinaire formation était dans la lumière, mais l'explication des bizarres variations lumineuses de Japet était maintenant évidente. Dans la phase occidentale de son orbite, le satellite présentait l'ovale blanc à la Terre en même temps qu'au soleil. Dans sa phase orientale, l'ovale disparaissait, remplacé par l'hémisphère sombre.

La grande ellipse était géométriquement parfaite. Orientée selon les pôles, elle coupait en son milieu l'Equateur. Elle était si nettement délimitée qu'il semblait que quelqu'un avait peint avec soin cette forme blanche sur la lune saturnienne. Elle était d'ailleurs absolument plate et Bowman se demanda s'il ne pouvait s'agir d'un lac de liquide gelé, bien que cela ne pût expliquer son aspect artificiel. Mais il lui restait peu de temps pour étudier Japet : il approchait du cœur du système et le voyage touchait à son terme. *Explorateur 1* allait entamer les ultimes manœuvres d'approche. En contournant Jupiter, il avait utilisé le champ gravifique pour augmenter sa vitesse. A présent, il devait faire le contraire et perdre un maximum de sa vélocité au risque de quitter le système solaire pour aller se perdre dans les étoiles. Son orbite avait été calculée pour que Saturne le capture et que *Explorateur 1* devienne ainsi une nouvelle lune, placée sur une étroite ellipse de deux millions de milles. Au plus près, l'astronef survolerait la planète, au plus loin, il atteindrait l'orbite de Japet.

En dépit du délai de réponse, les ordinateurs terrestres avaient donné l'assurance que tout était correct : vitesse et altitude. Il n'y avait donc plus rien à faire jusqu'au moment de l'approche.

Les anneaux emplissaient tout l'espace et le vaisseau s'avançait lentement vers le bord. Bowman, en regardant au télescope depuis une distance de dix mille milles, put enfin voir qu'ils étaient en grande partie constitués de glace, de glace qui tournoyait et scintillait dans la lumière du soleil. Il survolait une sorte de tempête de cristaux qui s'atténuait parfois pour révéler de stupéfiants aperçus de nuit et d'étoiles.

Au fur et à mesure que le vaisseau approchait de Saturne, le soleil s'abaissait entre les arches multiples des anneaux. Ceux-ci formaient maintenant un mince viaduc d'argent déployé dans le ciel. Les blocs gelés en myriades reflétaient et dispersaient la lumière en feux d'artifices prodigieux. Et le soleil, en glissant derrière des rideaux de glace longs de milliers de milles, faisait naître d'innombrables fantômes de lui-même qui dérivaient dans le ciel, l'emplissant d'éclairs et de flamboiements. Puis les anneaux l'entourèrent étroitement, il disparut, et le spectacle prit fin.

Un peu plus tard, l'astronef passa dans l'ombre de Saturne, au plus près de la face nocturne. Vers le haut brillaient les étoiles, les anneaux, vers le bas s'étendait une mer ténébreuse de nuages. Les mystérieuses taches de lumière qui ponctuaient les nuits de Jupiter étaient invisibles ici, sans doute parce que Saturne était un monde trop froid. Les nuages n'étaient révélés que par la lueur fantomatique qui provenait des chemins de glace des anneaux encore illuminés par l'invisible soleil. Au milieu de l'arche de lumière, une brèche sombre apparaissait cependant : l'ombre de Saturne.

Le contact avec la Terre ne serait rétabli que lorsque le vaisseau aurait contourné la planète, mais Bowman était trop occupé pour être sensible à cette totale solitude. Pendant les heures qui suivirent, il consacra chaque seconde aux manœuvres de freinage qui avaient été déjà programmées par les ordinateurs de Contrôle.

Après des mois et des mois de sommeil, les grands évents des moteurs crachèrent à nouveau leur cataractes de plasma incandescent sur des milles et des milles d'espace. La pesanteur revint brièvement sur la passerelle de contrôle. Des centaines de milles plus bas, les nuages de méthane et d'ammoniac reflétèrent une lumière nouvelle : *Explorateur 1* traversait la nuit de Saturne comme un soleil minuscule.

Et finalement, l'aube pâle se dessina au-devant de sa route. Il émergea au jour. Sa vitesse s'était considérablement réduite, maintenant, et il ne pourrait plus échapper au soleil ni à Saturne. Elle lui permettrait seulement de s'éloigner suffisamment pour aller frôler l'orbite de Japet, à deux millions de milles de là. Il lui faudrait quatorze jours pour parcourir cette distance et couper à nouveau les orbites des lunes intérieures : Janus, Nimas, Encelade, Téthys, Dioné, Rhéa, Titan, Hypérion... Des mondes qui portaient les noms de dieux et de déesses presque encore vivants pour ces espaces où le temps s'écoulait différemment.

Et puis le vaisseau rencontrerait Japet. Si le contact échouait, il devrait revenir vers Saturne et recommencer son orbite de vingt-huit jours. Mais il n'y aurait pas de second rendez-vous possible avec le satellite, car Japet, la prochaine fois, serait presque de l'autre côté de Saturne.

Bien sûr, l'astronef et le satellite devaient se rencontrer à nouveau, lorsque leurs orbites les placeraient en conjugaison, mais cet événement ne surviendrait pas avant si longtemps que, quoi qu'il pût advenir, Bowman ne serait plus là pour y assister.

35

L'ŒIL DE JAPET

Lorsque Bowman avait pour la première fois observé Japet, l'étrange tache lumineuse était partiellement plongée dans l'ombre. Seule la clarté venue de Saturne la révélait en entier. A présent, tandis que la lune saturnienne évoluait sur son orbite de soixante-dix-neuf jours, l'ellipse apparaissait en pleine lumière.

Bowman la regardait croître tandis que *Explorateur 1* s'avançait de plus en plus lentement vers l'inévitable rendez-vous. Et il prenait conscience d'une obsession troublante. Il n'y avait jamais fait allusion lors de ses conversations avec le Contrôle de Mission, car on aurait pu immédiatement supposer qu'il était victime d'hallucinations.

Et peut-être était-ce le cas, car il avait de plus en plus la conviction que l'ellipse brillante qui se détachait sur le fond noir du satellite était un œil énorme et vide qui le regardait approcher.

Un œil sans pupille, sans rien qui marquât sa surface vierge. Ce ne fut que lorsque l'astronef se trouva à 50 000 milles, alors que Japet était deux fois plus grand que la Lune, que Bowman distingua un minuscule point noir au centre de l'œil. Mais les dernières manœuvres d'approche ne lui laissaient pas le temps de l'examiner en détail.

Pour la dernière fois, le moteur principal du vaisseau libéra son énergie. Pour la dernière fois, l'orage des atomes détruits souffla entre les lunes de Saturne. Le chuchotement lointain et la poussée des fusées éveillèrent en David Bowman un sentiment de fierté et de tristesse. Les magnifiques machines avaient accompli leur tâche sans faiblir, avec une efficience totale. Elles avaient mené le vaisseau de la Terre à Jupiter, puis jusqu'à Saturne, et elles fonctionnaient maintenant une ultime fois. Quand *Explorateur 1* aurait éjecté ses réservoirs, il serait aussi inerte et vulnérable qu'un astéroïde ou une comète, prisonnier impuissant des forces gravitationnelles. Jamais il ne reprendrait le chemin de la Terre. Il continuerait de suivre éternellement son orbite, monument errant des premiers âges de l'exploration interplanétaire. Des milliers de milles, puis des centaines... Les jauges des réservoirs approchèrent du zéro. Sur le panneau de contrôle, Bowman suivait anxieusement les indications des écrans et des diagrammes improvisés qu'il devait maintenant consulter à chaque fois qu'il avait une décision à prendre.

Il songeait que ce serait une fin épouvantable, après avoir survécu si longtemps, que de manquer le rendez-vous orbital pour quelques livres de carburant.

Le moteur principal stoppa et le sifflement des fusées décrut. Seuls les verniers continuèrent de guider lentement *Explorateur 1* sur son orbite. Japet était maintenant un croissant immense sur le fond de l'espace, un marteau cosmique brandi au-dessus du vaisseau, prêt à l'écraser comme une noix. Et le vaisseau continuait de s'approcher, lentement, si lentement qu'il semblait s'être arrêté. D'objet astronomique, Japet devint paysage, mais nul n'aurait pu dire à quel moment s'était opérée cette mutation infiniment subtile. Le sol n'était plus qu'à cinquante milles. Les fidèles verniers donnèrent les dernières poussées et s'immobilisèrent à jamais. *Explorateur 1* était maintenant placé sur son orbite définitive. Il tournait autour de Japet en trois heures à une vitesse de huit cents milles à l'heure, amplement suffisante dans ce faible champ gravifique. L'astronef était satel-d'un satellite.

36

GRAND FRERE

« Je reviens au jour et je confirme ce que je vous ai dit au dernier passage. On ne distingue que deux matières en surface. La noire semble brûlée, comme du charbon de bois. Elle en a d'ailleurs la texture, pour autant que je puisse en juger au télescope. En fait, elle me rappelle un toast grillé...

« Je n'arrive toujours pas à déterminer la nature de la zone blanche. Ses limites sont tout à fait nettes et l'on ne voit aucun détail. Cela pourrait être du liquide... C'est suffisamment plat. Je ne sait pas ce que donnent les images que je vous ai transmises, mais cela fait songer à une mer de lait gelé. A moins que ce ne soit une sorte de gaz lourd... Non, je pense que c'est impossible. J'ai parfois l'impression que ça bouge, très lentement, mais je ne peux pas en être certain...

« Me voilà à nouveau au-dessus de la zone blanche. C'est mon troisième passage. Cette fois, j'espère m'approcher un peu plus de cette marque que j'ai repérée au centre en approchant. Si mes calculs sont justes, je devrais passer à moins de cinquante milles...

« Oui, je vois quelque chose, à l'endroit prévu. Cela monte sur l'horizon. Je vois également Saturne, dans la même direction. Je passe au télescope...

« Eh ! on dirait une sorte de bâtiment... Complètement noir... Plutôt difficile à voir. Pas de fenêtres, aucun détail... Simplement un bloc, un grand bloc vertical. Il doit faire au moins un mille de hauteur. Il me rappelle... Bien sûr ! *C'est exactement comme ce que vous avez trouvé sur la Lune !* C'est le grand frère de AMT-1 ! »

37

EXPERIENCE

Appelons cela la Porte des Etoiles.

Trois millions d'années durant elle avait tourné autour de Saturne dans l'attente d'un moment du Destin qui pouvait aussi bien ne jamais venir. Lors de sa création, une lune s'était brisée dont les fragments, depuis, continuaient de suivre leur orbite.

Mais maintenant la longue attente touchait à sa fin. Sur un nouveau monde, l'intelligence était née et venait de quitter son berceau. La très ancienne expérience approchait de son terme. Ceux qui l'avaient entreprise, si longtemps auparavant, n'avaient pas été des hommes... Ni même des humains. Mais ils étaient faits de chair et de sang et, lorsqu'ils contemplaient les profondeurs de l'espace, ils ressentaient de l'émerveillement, de la peur et de la solitude. Dès qu'ils en eurent le pouvoir, ils s'élancèrent vers les étoiles.

Dans leur quête, ils rencontrèrent la vie sous bien des formes et ils observèrent son évolution sur un millier de mondes. Ils la virent vaciller comme une étincelle avant de mourir et de retourner à la nuit cosmique.

Et parce qu'ils n'avaient rien trouvé de plus précieux que l'Esprit dans toute la Galaxie, ils aidèrent à sa naissance de toutes parts. Ils devinrent de véritables fermiers dans le champ des étoiles et ils récoltèrent parfois. Parfois aussi, sans passion, ils durent arracher les mauvaises herbes.

Les grands dinosauriens s'étaient depuis longtemps éteints lorsque le vaisseau avait atteint le système solaire après un voyage de près d'un millier d'années. Il survola les planètes extérieures glacées, s'attarda quelque peu au-dessus des déserts de Mars à l'agonie, puis se dirigea vers la Terre.

Les explorateurs découvrirent alors un monde grouillant de vie. Pendant des années, ils étudièrent collectionnèrent, cataloguèrent. Lorsqu'ils eurent appris tout ce qu'ils pouvaient apprendre, ils entreprirent de modifier. Ils dirigèrent le destin de nombreuses espèces, tant sur terre que dans les mers. Mais il leur faudrait attendre au moins un million d'années pour savoir si l'une de leurs multiples expériences avait abouti.

S'ils étaient patients, ils n'étaient pas immortels. Il y avait tant à faire dans cet univers de deux milliards de soleils, tant d'autres mondes les appelaient. Ils s'enfoncèrent à nouveau dans l'abîme, avec la certitude que jamais plus ils ne reviendraient dans cette région de la Galaxie. Mais ils avaient laissé derrière eux des serviteurs qui achèveraient l'œuvre entreprise.

Sur Terre, les glaciers avancèrent, reculèrent, tandis que passait et repassait dans le ciel la Lune impassible, gardienne de secrets. Et plus lentement encore que les glaces des pôles, des civilisations naissaient et se répandaient entre les étoiles. Des empires étranges, beaux et terribles s'érigeaient, s'effondraient et leurs descendants se transmettaient la connaissance. La Terre n'avait pas été oubliée mais une seconde visite eût été inutile. Elle n'était plus désormais qu'un monde muet entre un million d'autres dont bien peu connaîtraient un jour la parole.

L'évolution, entre les étoiles, se poursuivait vers des buts nouveaux. Depuis longtemps, les explorateurs de la Terre avaient atteint les limites de la chair. Leurs machines étaient désormais supérieures à leur corps et il était nécessaire d'y émigrer. D'abord leur cerveau, puis leur esprit seul fut transféré dans une enveloppe de métal et de plastique. Ainsi, ils continuèrent d'errer d'étoile en étoile. Mais ils n'avaient plus besoin de construire des astronefs. Ils *étaient* des astronefs.

Pourtant, l'âge des entités-machines fut bref. Lors de leurs expériences, ils avaient appris à emmagasiner la connaissance dans la structure même de l'espace, préservant ainsi leur savoir sous des strates de lumière, pour l'éternité. Il leur était possible de devenir des êtres faits de radiations et de se libérer enfin de la tyrannie de la matière.

Ils se transformèrent donc en énergie pure. Et sur un millier de mondes, les coquilles vides qui les avaient abrités exécutèrent une brève danse d'agonie avant de s'effondrer en débris rouillés.

Désormais, ils étaient maîtres de la Galaxie et hors d'atteinte du temps. Ils pouvaient errer à leur gré entre les soleils, se glisser dans les interstices de l'espace comme une brume impalpable. Pourtant, en dépit de leurs pouvoirs nouveaux qui les rendaient pareils aux dieux, ils n'avaient pas oublié le limon tiède qui leur avait donné naissance, quelque part au sein d'un océan disparu.

Et ils continuaient de surveiller les expériences entreprises par leurs ancêtres, si longtemps auparavant.

38

LA SENTINELLE

« L'atmosphère devient presque irrespirable et je souffre de maux de tête en permanence. Il reste encore beaucoup d'oxygène mais les purificateurs ne sont pas parvenus à chasser les résidus des liquides qui sont entrés en ébullition dans le vide. Lorsque ça devient intenable, je vais respirer un peu d'oxygène pur dans le garage des capsules...

« Aucun de mes signaux n'a provoqué de réaction et, par suite de l'inclinaison de mon orbite, je m'éloigne de plus en plus de AMT-2 Incidemment, je vous signale que cette appellation est doublement inappropriée : il ne s'agit pas de Tycho et je n'ai pas relevé la moindre trace de champ magnétique.

« Au plus près, je m'approche à soixante milles et je devrais gagner encore un centième de cette distance grâce à la rotation de Japet avant de m'éloigner définitivement. Je me trouverai à la verticale de l'objet dans trente jours, ce qui fait trop longtemps à attendre. De toute façon, il ne fera plus jour alors.

« Même en ce moment, il ne reste visible que quelques minutes avant de redisparaître à l'horizon. C'est terriblement frustrant... Pas moyen de faire une observation sérieuse.

« J'aimerais donc que vous me donniez votre accord sur le plan suivant : les capsules spatiales disposent d'une quantité suffisante de carburant pour faire l'aller-retour. Je voudrais tenter une sortie afin d'examiner l'objet de plus près. S'il n'y a aucun risque, je me poserai à côté, ou au sommet.

« Je suis persuadé que c'est la seule chose à faire. J'ai parcouru un milliard de milles et je n'ai pas envie d'être arrêté si près du but. »

Pendant des semaines, tous ses sens étranges orientés vers le soleil, la Porte des Etoiles avait observé l'approche du vaisseau. Ceux qui l'avaient créée l'avaient préparée à bien des tâches, et c'était maintenant l'une d'elles qu'elle accomplissait. Elle identifia ce qui venait vers elle, depuis le cœur embrasé du système solaire. Eût-elle été vivante, elle aurait éprouvé de l'excitation, mais une telle émotion était au-delà de ses pouvoirs. Si le vaisseau était passé sans s'arrêter, elle n'eût pas ressenti la plus infime trace de désappointement. Elle attendait depuis trois millions d'années et elle pouvait tout aussi bien attendre durant l'éternité.

Tandis que le visiteur ralentissait, absorbant sa vitesse initiale par des jets de gaz incandescent, elle se contenta de l'observer et de noter. Puis elle ressentit le contact léger de radiations qui tentaient de sonder ses secrets. Elle ne réagit pas.

Maintenant, le vaisseau était en orbite, passant et repassant tout près de la surface de l'étrange lune. Et il se mit à parler en énumérant les chiffres de 1 à 11, sans cesse. Bientôt suivirent des signaux plus complexes sur diverses fréquences : ultraviolet, infrarouge, rayons X.

La Porte des Etoiles ne répondit pas : elle n'avait rien à dire.

Il y eut une très longue pause avant qu'elle s'aperçoive qu'un objet plus petit venait de quitter le vaisseau pour s'approcher d'elle. Elle fouilla sa mémoire et les circuits logiques prirent une décision qui correspondait aux ordres reçus si longtemps auparavant.

Sous la froide clarté de Saturne, les énergies assoupies de la Porte s'éveillèrent.

39

A L'INTERIEUR DE L'ŒIL

Bowman découvrit *Explorateur 1* tel qu'il l'avait vu la dernière fois, flottant en orbite autour de la Lune qui occupait la moitié du ciel. Il y avait pourtant une légère différence dans son aspect. Certaines inscriptions sur les écoutilles, connexions et aux points vitaux s'étaient ternies par suite de l'exposition prolongée aux feux directs du soleil.

Quant au soleil, aucun humain ne l'eût reconnu à première vue. Il était certes trop brillant pour une étoile, mais on pouvait le fixer sans peine. Et il ne produisait pas la moindre chaleur. Bowman tendit ses mains nues vers les rayons qui filtraient par la baie et ne sentit rien. Il aurait pu tout aussi bien tenter de se réchauffer à la clarté de la Lune. Autant que le panorama étranger qui se déployait à cinquante milles plus bas, cela lui rendait plus évidents sa solitude et son éloignement de la Terre.

Il quittait le monde de métal qui avait été son foyer durant tous ces longs mois et il ne le reverrait peut-être jamais. S'il ne revenait pas, l'astronef poursuivrait ses fonctions, transmettant les relevés de ses instruments jusqu'à ce qu'une ultime défaillance de ses circuits le réduise au silence.

Et s'il revenait ? Il pourrait espérer survivre et peut-être même vivre quelques mois de plus, au mieux, car le système d'hibernation, sans ordinateur, était désormais inutilisable. De toute façon, il ne pouvait compter rester en vie jusqu'à ce que *Explorateur 2* aborde l'orbite de Japet, dans quatre ou cinq ans.

Comme le croissant doré de Saturne s'élevait dans l'espace, il refoula ces pensées. Il était le premier humain à contempler pareil spectacle. Saturne avait toujours présenté à la Terre sa face pleine, totalement illuminée par le soleil. A présent, la planète géante apparaissait comme un arc délicat que coupait l'infime trait de lumière des anneaux, pareil à une flèche sur une corde tendue, prête à jaillir vers le soleil.

Titan était visible comme une étoile brillant au sein des étincelles plus pâles des autres lunes. Avant la fin de ce siècle, les hommes les auraient toutes visitées, mais si elles recelaient des secrets, Bowman ne les connaîtrait jamais.

Le bord de l'œil immense et blanc glissait vers

lui. Plus qu'une centaine de milles, une dizaine de minutes, et il survolerait son objectif. Il eût aimé être certain que ses mots allaient vraiment atteindre la Terre une heure et demie après, à la vitesse de la lumière. L'ultime ironie serait que, par suite de quelque panne de l'émetteur, il disparaisse en silence sans que jamais nul ne sache ce qui avait pu lui arriver.

Loin au-dessus de lui, le vaisseau brillait sur le fond noir de l'espace. Il l'accompagnerait pendant un moment encore, jusqu'à ce que la capsule amorce son freinage et le laisse disparaître à l'horizon. Alors, il resterait seul au-dessus de la plaine blanche, seul avec l'énigme noire qui en marquait le centre.

Le bloc d'ébène monta sur l'horizon, éclipsant les étoiles. Bowman fit basculer la capsule sur ses gyroscopes et utilisa toute la puissance de freinage dont il disposait. Il descendit alors vers la surface de Japet en un arc ouvert, immense.

Sur un monde à gravité plus forte, cette manœuvre eût coûté une quantité invraisemblable de carburant. Mais ici, l'appareil ne pesait plus que quelques livres et il pourrait se déplacer quelque temps sans risquer d'épuiser ses réservoirs et de se trouver immobilisé loin de l'astronef. Quoique cela ne fît sans doute guère de différence...

Il était maintenant à cinq milles de la surface et se dirigeait droit sur l'immense monolithe noir, à la géométrie parfaite, qui se dressait au-dessus de la plaine lisse. Il devait exister bien peu de constructions aussi gigantesques sur Terre. Les derniers calculs de Bowman indiquaient une hauteur de 900 mètres. Pour autant qu'il pût en juger, les proportions du monolithe de Japet étaient les mêmes que celles de AMT-1... L'étrange rapport 1-4-9 se répétait.

« Je ne suis plus qu'à trois milles, maintenant. Je me maintiens à 120 mètres d'altitude. Toujours aucun signe d'activité sur mes appareils. La surface reste absolument lisse. Il devrait pourtant y avoir des traces de météorites, après tout ce temps !

« Et je ne vois aucun débris sur le... je suppose que je peux dire le toit. Pas d'ouverture non plus. J'espérais pouvoir pénétrer à l'intérieur...

« Voilà : je suis juste au-dessus, à 150 mètres d'altitude. Il ne faut pas que je perde trop de temps : l'astronef s'éloigne et il sera bientôt hors de portée. Je vais me poser. C'est sûrement assez solide. Sinon, je redécollerai aussitôt...

« Une minute... C'est étrange... »

La voix de Bowman s'éteignit dans un silence stupéfait. Il n'avait pas peur. Tout simplement, il ne parvenait pas à décrire ce qu'il voyait.

L'instant auparavant, il dominait un vaste rectangle plat d'environ 250 mètres de long sur 60 de large et qui semblait fait d'un matériau aussi dur que le roc. Maintenant, ce rectangle paraissait s'éloigner de lui, comme dans ces illusions d'optique où un objet en relief semble se renverser et présenter soudain au regard son côté le plus éloigné.

En fait, c'était un peu ce qui se produisait pour l'énorme masse. Bowman ne voyait plus un monolithe dressé sur la plaine blanche. Ce qui lui avait semblé être le toit se trouvait soudain à des profondeurs infinies. Durant un instant de vertige, il eut l'impression de contempler l'intérieur d'un puits prodigieux et rectangulaire qui défiait les lois de la perspective car ses dimensions ne diminuaient en rien avec la distance...

L'Œil de Japet s'était ouvert brièvement, comme pour chasser quelque grain de poussière qui l'irritait. Et David Bowman eut juste le temps de prononcer une dernière phrase que les hommes du Contrôle de Mission qui veillait à neuf cents millions de mille et à quatre-vingts minutes de là ne devaient jamais oublier :

« C'est creux... jusqu'à l'infini... et.. *Oh ! mon Dieu ! C'est plein d'étoiles !* »

40

SORTIE

La Porte des Etoiles s'ouvrit. Se referma.

En un instant trop bref pour être mesuré, l'espace se contracta sur lui-même.

Et Japet fut à nouveau désert, comme il l'avait été depuis trois millions d'années, à l'exception d'un vaisseau abandonné mais encore vivant qui continuait d'envoyer à ses constructeurs des messages qu'ils ne pourraient plus croire ni comprendre.

SIXIÈME PARTIE

PAR-DELA LA PORTE DES ÉTOILES

41

LA GARE CENTRALE

Il ne percevait aucune sensation de mouvement. Il tombait vers ces impossibles étoiles qui brillaient dans le cœur obscur de la lune... Non... Elles n'étaient pas vraiment là, il en était certain. Il était trop tard à présent, mais il se disait qu'il aurait dû accorder plus d'attention à toutes ces théories sur l'hyper-espace et les passages interdimensionnels. Car pour lui, David Bowman, ce n'étaient plus des théories.

Peut-être le monolithe Japet était-il creux. Peut-être le « toit » n'était-il qu'une illusion ou quelque diaphragme qui s'était ouvert pour le laisser entrer, mais dans quoi ? Pour autant qu'il pût encore se fier à ses sens, il lui semblait tomber verticalement dans un immense conduit rectangulaire, haut de milliers et de milliers de mètres. Il allait de plus en plus vite mais l'extrémité lointaine ne changeait pas de dimensions et il ne semblait pas s'en rapprocher. Seules les étoiles bougeaient. Leur mouvement fut tout d'abord si lent qu'il lui fallut un moment avant de se rendre compte qu'elles n'étaient pas fixes. Après quelques instants, il lui devint évident que chacune d'elles grossissait, semblant se ruer sur lui à une vitesse inconcevable. Cette expansion, toutefois, n'était pas linéaire. Certaines étoiles du centre semblaient bouger à peine alors que celles de la périphérie accéléraient de plus en plus jusqu'à devenir de simples traits de lumière qui s'évanouissaient derrière lui. Il y en avait constamment de nouvelles pour remplacer celles qui disparaissaient. Elles naissaient au milieu du vide de quelque source apparemment inépuisable. Bowman se demanda ce qui se produirait si l'une de ces étoiles arrivait sur lui. Continuerait-il jusqu'à plonger dans le brasier ? Mais nulle étoile ne s'approchait suffisamment pour qu'il parvînt même à la distinguer comme un disque. Elles passaient toutes de part et d'autre, très loin, éclatant hors de leur cadre rectangulaire.

L'extrémité du puits n'était pas encore en vue. C'était un peu comme si les parois se déplaçaient en même temps que Bowman, l'emportant vers une destination inconnue. Ou bien il était immobile et c'était l'espace tout entier qui se déplaçait autour de lui...

Mais le phénomène n'affectait pas seulement l'espace. Il vit que l'horloge du tableau de bord se comportait d'étrange façon.

Normalement, les chiffres des dixièmes de seconde défilaient si rapidement qu'il était impossible de vraiment les lire. A présent, ils apparaissaient à intervalles très nets et il les distinguait sans la moindre difficulté. Les secondes elles-mêmes passaient avec une incroyable lenteur. Le temps semblait sur le point de s'arrêter. Et finalement il s'arrêta. Les dixièmes de seconde se figèrent entre 5 et 6.

Pourtant, Bowman continuait de penser et d'observer. Les murailles de ténèbres défilaient à une allure qui pouvait équivaloir à zéro ou à un million de fois la vitesse de la lumière. Pourtant, il n'était absolument pas surpris ni inquiet. Au contraire, il éprouvait une sensation de tranquille attente. C'était un peu comme lorsque les médecins lui avaient injecté des drogues hallucinogènes. Le monde alentour était étrange et merveilleux, mais n'éveillait en lui aucune frayeur. Il avait franchi des millions de milles d'espace pour affronter un mystère, et à présent, le mystère venait à lui.

Le rectangle semblait s'éclaircir. Les traces lumineuses des étoiles pâlissaient dans un ciel laiteux, dont la brillance s'accroissait d'instant en instant. C'était comme si la capsule descendait vers une mer de nuages uniformément éclairée par les rayons de quelque invisible soleil. La sortie n'était plus loin. L'orifice du puits, qui, jusqu'ici, était demeuré à la même distance immuable, obéissait à nouveau aux lois de la perspective. Il se rapprochait et devenait de plus en plus grand. Dans le même temps, Bowman éprouva soudain une sensation de mouvement vers le haut et il en vint à se demander s'il n'était pas tombé au travers de Japet et s'il n'allait pas maintenant surgir de l'autre côté du satellite. Mais avant même que l'appareil surgît par l'ouverture, il sut que cet endroit n'avait rien à voir avec Japet ni avec aucun des mondes que l'homme pouvait connaître.

Il n'y avait pas d'atmosphère, car tous les détails lui apparaissaient nettement jusqu'à un horizon plat et incroyablement lointain. Ce monde devait avoir des proportions gigantesques et il était certainement plus vaste que la Terre. Toute l'étendue que découvrait Bowman était divisée en innombrables zones artificielles qui devaient chacune dépasser plusieurs milles de côté. C'était un puzzle pour géant, un puzzle grand comme un monde. Au centre de la plupart des carrés, triangles et polygones qui formaient cet incroyable paysage, il vit des orifices obscurs et béants pareils à celui d'où il avait surgi.

Le ciel était encore plus étrange et déconcertant que la surface du sol. Aucune étoile n'était en effet visible. Mais il n'y avait pas d'espace non plus. Il n'y avait que cette clarté laiteuse qui paraissait filtrer à travers des distances infinies et qui évoquait à Bowman ces blancheurs antarctiques « pareilles à l'intérieur d'une balle de ping-pong ». La comparaison convenait parfaitement à cet univers bien que sa nature fût sans nul doute totalement différente. Ce ciel ne pouvait être le résultat de quelque phénomène météorologique dû au brouillard ou à la neige. C'était un vide parfait.

Puis le regard de Bowman s'accoutuma à la luminosité nacrée des lieux et il distingua un détail nouveau. Le ciel n'était pas totalement vide, contrairement à ce qu'il avait cru tout d'abord. Des myriades de points noirs devenaient maintenant visibles. Ils étaient immobiles et répartis au hasard, difficiles à distinguer puisqu'ils formaient de véritables trous de ténèbres, mais l'on ne pouvait douter de leur existence. Ils rappelaient quelque chose à Bowman... quelque chose de familier. Mais l'idée était si démente qu'il refusa de l'accepter jusqu'à ce que la logique l'y oblige. Ces trous noirs dans le ciel étaient des étoiles. Il contemplait une sorte de cliché négatif de la Voie Lactée.

Grand Dieu, où suis-je donc ? se demanda-t-il alors. Mais il était certain de ne jamais trouver de réponse. L'espace semblait avoir été inversé. L'homme ne pouvait vivre en un tel lieu. Bien qu'il régnât une confortable chaleur à l'intérieur de la capsule, il ressentit un froid soudain en même temps qu'il était saisi d'un tremblement irrépressible. Il voulut fermer les yeux pour ne plus voir ce néant de nacre, mais c'était là un réflexe de lâche et il lutta pour ne pas y céder.

La surface défilait comme une mosaïque sans qu'aucun détail nouveau n'apparût. Bowman estimait son altitude à dix milles environ et, normalement, il aurait dû distinguer des signes de vie. Mais ce monde était désert. L'intelligence y avait existé, elle s'était manifestée, puis elle avait disparu.

Dressé sur la plaine à une vingtaine de milles, il découvrit alors un tas de débris vaguement cylindrique qui ne pouvait être que la carcasse d'un gigantesque vaisseau. Il était trop loin pour distinguer des détails et la vision s'évanouit après quelques secondes, mais il eut le temps d'apercevoir des poutrelles brisées et des parois luisantes qui avaient été arrachées comme une peau. Depuis combien de milliers d'années l'épave gisait-elle sur la surface déserte et quelle espèce de créatures l'avaient pilotée entre les étoiles ? Puis il oublia soudain cette question comme une nouvelle apparition surgissait à l'horizon.

Tout d'abord, ce fut comme un disque plat, mais Bowman se rendit bientôt compte que ce n'était là qu'une illusion due au fait que l'objet venait droit sur lui. Il s'en approcha encore, passa dessous et put voir qu'il était en réalité fusiforme et long de plusieurs centaines de mètres. Des rayures presque imperceptibles marquaient sa surface, mais il était difficile de les déceler car l'objet vibrait ou tournait sur lui-même à une très grande vitesse.

Aucun système de propulsion n'était visible. Seule la couleur était familière à l'œil humain et Bowman se prit à songer que si l'objet n'était pas quelque fantôme optique, s'il était bien réel, ses constructeurs devaient alors connaître quelques-unes des émotions des hommes sans avoir toutefois leurs limitations car le fuseau brillant semblait fait d'or.

Il se tourna vers l'écran arrière pour le regarder disparaître. L'engin ne semblait pas s'être aperçu de sa présence. Il descendait maintenant vers l'une des embouchures noires de la surface. Quelques secondes plus tard, il disparut dans un ultime éclair doré. Et Bowman fut de nouveau seul sous le ciel sinistre et il se sentit plus perdu que jamais. Il vit alors que lui aussi descendait lentement vers la surface en mosaïque du monde géant. L'une des embouchures béait directement sous la capsule et le ciel blanc se referma bientôt sur lui. L'horloge du tableau de bord se remit en marche, doucement, et la capsule se rua une nouvelle fois entre des murailles de ténèbres vers un lointain nuage d'étoiles. Mais à présent Bowman était certain qu'il ne retournait pas vers le système solaire et il comprit tout à coup, par ses seuls instincts, où il se trouvait.

Il était à l'intérieur d'une sorte de machinerie cosmique qui dirigeait la circulation entre les étoiles au travers d'inimaginables dimensions d'espace et de temps. Il traversait une gare centrale de la Galaxie.

42

LE CIEL ETRANGER

Très loin, les parois du puits redevenaient visibles dans la pâle clarté qui provenait de quelque source inconnue. Et les ténèbres, brusquement, furent balayées. La capsule minuscule surgit dans un espace fourmillant d'étoiles.

Bowman avait regagné l'univers qui lui était familier, mais il lui suffit d'un coup d'œil pour comprendre qu'il se trouvait à des années-lumière de la Terre. Il ne tenta même pas d'identifier une des constellations qui, depuis le début des temps, avaient accompagné l'homme. Jamais, sans doute, un être humain n'avait contemplé à l'œil nu les étoiles qui flamboyaient maintenant autour de lui. La plupart étaient concentrées en une ceinture incandescente marquée çà et là de bandes sombres de matière absorbante et qui occupait le ciel tout entier. Cela évoquait la Voie Lactée en beaucoup plus brillant. Bowman se demanda s'il ne contemplait pas en vérité la galaxie des hommes vue d'un point beaucoup plus proche de son centre que ne l'était la Terre. Il l'espérait : ainsi, il serait moins loin de son monde natal. Puis il se rendit compte à quel point cette pensée était futile. Il était désormais si loin du système solaire que peu importait que ce fût là sa propre galaxie ou la plus lointaine qu'aient jamais pu déceler les télescopes.

Il regarda en arrière pour essayer de voir d'où il était sorti et il eut un nouveau choc. Il ne vit rien. Plus de monde géant découpé en facettes, plus de Japet. Plus rien. Rien qu'une ombre, une tache d'encre sur les étoiles, une porte ouverte dans la nuit sur une nuit encore plus dense. Et, sous ses yeux, cette porte se referma. Elle ne bougea pas, mais elle s'emplit d'étoiles, comme si la trame de l'espace réparait d'elle-même une déchirure. Bowman demeura définitivement seul dans le ciel étranger.

La capsule tournait lentement et de nouvelles merveilles apparurent derrière les baies. Ce fut tout d'abord un essaim d'étoiles parfaitement sphériques. La densité des astres allait en augmentant jusqu'au centre qui n'était qu'une boule de lumière. Les contours étaient imprécis, formant une sorte de halo de soleils qui se confondaient peu à peu avec des feux plus lointains.

Bowman reconnut ce grandiose phénomène : un amas globulaire ! Un prodige que jamais nul homme n'avait contemplé autrement que sous l'aspect d'une pâle tache de lumière. Il ne parvenait pas à se rappeler la distance exacte du plus proche amas de ce type mais il était certain qu'il se trouvait à plus de mille années-lumière du système solaire.

La capsule tournait toujours. Une autre vision apparut : un vaste soleil rouge plus grand que la Lune vue de la Terre. Bowman pouvait le regarder en face et sa couleur indiquait qu'il n'était guère plus chaud qu'une braise. Çà et là, sur sa surface d'un rouge sombre, des rivières jaunes luisaient, Amazones incandescents qui coulaient sur des milliers de milles avant de se perdre dans les déserts du soleil agonisant. Agonisant ? Non, c'était là une impression fausse, née des émotions humaines attachées aux crépuscules, à la cendre. Le soleil rouge avait seulement cessé les extravagances torrides de sa jeunesse pour franchir les violets, les bleus et les verts du spectre en quelques milliards d'années et s'installer dans une période de maturité dont la durée était inimaginable. Mais son passé ne représentait guère que le dixième de son existence à venir. L'histoire de l'étoile avait à peine commencé.

La capsule s'était maintenant immobilisée, face au grand soleil rouge. Bien qu'il ne perçût aucun mouvement, Bowman savait qu'il continuait d'être soumis à la force qui le contrôlait depuis Saturne. Toute la science, toute la puissance de la Terre semblaient vaines et primitives, désormais, en face de l'invisible puissance qui le poussait vers un destin qu'il ne cherchait pas à imaginer.

Il fouillait l'espace du regard, essayant d'apercevoir le but final du voyage. Peut-être était-ce quelque planète de l'immense soleil rouge. Mais rien n'était visible. S'il se trouvait des mondes autour de cet astre prodigieux, ils étaient indiscernables sur le fond des étoiles. Bowman remarqua alors un phénomène étrange sur l'extrême bord du disque écarlate du soleil. Une clarté blanche s'y dessinait, de plus en plus intense. Il se demanda s'il ne contemplait pas là une de ces éruptions qui agitent les soleils en permanence.

En devenant plus brillante, la clarté se nuança de bleu. Elle se répandit bientôt sur le pourtour de l'astre qui parut plus pâle. Bowman songea soudain qu'il assistait au lever d'un second soleil et cette pensée lui parut absurde. Mais il en était pourtant ainsi. Ce qui montait sur l'horizon ardent n'était pas plus gros qu'une étoile mais si brillant que l'œil ne pouvait le supporter. C'était un point de lumière blanc-bleu, intense, pareille à celle d'un arc électrique. Le minuscule soleil se déplaçait à une allure effarante autour de son compagnon géant. Il devait en être très proche, car une colonne de flammes qui devait atteindre des milliers de milles de hauteur l'accompagnait dans sa course. C'était comme une marée de feu attirée par la gravité, suivant l'équateur du soleil en une éternelle poursuite de l'éblouissante étoile-satellite. Celle-ci était une Naine Blanche, un de ces astres stupéfiants, à peine plus gros que la Terre mais dont la masse est des millions de fois supérieure. De tels accouplements stellaires n'étaient pas rares, mais jamais Bowman n'eût osé rêver d'en contempler un durant son existence.

La Naine Blanche était maintenant à mi-chemin sur le disque écarlate du soleil. Elle devait boucler son orbite en quelques minutes seulement. C'est alors que Bowman eut la certitude que lui aussi se déplaçait. Droit devant, une étoile devenait rapidement plus brillante et changeait de position par rapport aux autres. Elle devait être petite et sans doute assez proche et il se dit que c'était là son objectif. Il l'atteignit en un temps extrêmement court et il s'aperçut alors qu'il ne s'agissait pas d'un monde. C'était comme une toile d'araignée, un échafaudage de métal luisant doucement dans l'espace, sur des centaines de milles. Il surgit de nulle part jusqu'à emplir tout le ciel. Des structures qui devaient être vastes comme des cités terrestres étaient dispersées à la surface. Sans doute étaient-ce des machines. Des myriades d'objets plus petits apparaissaient tout autour, en rangées, en colonnes parfaites. Bowman dut en survoler un certain nombre avant de comprendre ce qu'il voyait : des flottes d'astronefs. La construction était un gigantesque port spatial.

Aucun objet familier n'était visible qui pût lui

donner l'échelle de la scène qu'il contemplait et il était impossible de deviner la taille des vaisseaux. Mais ils étaient sans doute énormes. Certains devaient atteindre plusieurs milles de longueur. Ils avaient des formes diverses : sphères, cristaux à facettes, fuseaux élancés, disques, ovoïdes. Cet endroit devait être l'un des lieux de transit du commerce interstellaire. Ou plutôt : il l'avait été... un million d'années auparavant peut-être. Car Bowman ne décelait pas le moindre signe d'activité. Ce port immense était aussi désert que la Lune. Non seulement tout y était immobile, figé, mais des déchirures apparaissaient en certains endroits dans le métal : durant tous ces siècles, les météorites avaient œuvré comme des guêpes cosmiques. Le port n'était plus en vérité qu'un cimetière sidéral.

Bowman songea qu'il avait manqué ses constructeurs de plusieurs siècles et il ressentit un vide soudain au cœur. Il n'avait pas su à quoi s'attendre mais du moins avait-il espéré rencontrer des intelligences étrangères issues des étoiles. Mais il semblait qu'il fût trop tard. Il avait été pris à un piège automatique et ancien placé dans le système solaire à des fins inconnaissables et qui continuait de fonctionner alors que ceux qui l'avaient conçu étaient morts depuis longtemps. Et ce piège l'avait emporté à travers la Galaxie comme d'autres êtres sans doute (combien d'autres ?) avant de le déposer dans ces Sargasses célestes, condamné à périr par asphyxie lorsque sa réserve d'air s'épuiserait.

Mais il eût été déraisonnable d'en demander plus. Déjà, il avait contemplé des merveilles pour lesquelles des hommes auraient donné leur vie. Il songea à son compagnon disparu et il se dit qu'il n'avait vraiment aucune raison de se plaindre.

Il s'aperçut qu'il continuait de survoler le port spatial sans rien perdre de sa vitesse. Il en atteignit les limites, franchit les ultimes déchirures du bord et les étoiles réapparurent. En quelques minutes, il replongea dans l'espace.

Non, il ne devait pas finir dans ce port abandonné. Son destin l'attendait encore plus loin, quelque part dans le gigantesque soleil cramoisi vers lequel la capsule descendait maintenant.

43

ENFER

Et maintenant, il n'y avait plus que le soleil rouge. Il emplissait le ciel tout entier. Bowman était si près de la surface que celle-ci ne semblait plus figée. Des nodules de lumière circulaient en tous sens. Des cyclones s'élevaient et retombaient, des protubérances escaladaient lentement l'espace. Lentement ? Elles devaient jaillir à des millions de milles à l'heure pour qu'il perçût ainsi leur mouvement... Il n'essayait même pas de se faire une idée des dimensions du paysage infernal qui montait vers lui. Les immensités de Saturne et de Jupiter l'avaient bouleversé. Pourtant, ce qu'il contemplait maintenant était des centaines de fois plus vaste. Il ne pouvait qu'accepter les images qui affluaient sans tenter de les interpréter. A la vue de cette mer de feu, déployée sous lui, il aurait dû éprouver de la peur, mais, curieusement, il ne ressentait qu'une légère appréhension.

Ce n'était pas que son esprit fût paralysé par l'émerveillement, mais la logique lui soufflait qu'il devait se trouver sous la protection de quelque intelligence omnipotente. Il était si près du soleil rouge que le rayonnement l'eût sans doute brûlé s'il n'avait été abrité par quelque invisible écran. Et durant tout cet étrange voyage, il avait été soumis à des accélérations qui auraient normalement dû l'écraser. Si l'on avait pris tant de précautions pour le protéger, il pouvait encore espérer.

La capsule suivait maintenant un arc allongé, presque parallèle à la surface du soleil. Pourtant, elle continuait de descendre lentement. Et pour la première fois, Bowman perçut des sons. Un grondement étouffé mais continu auquel se mêlaient parfois des froissements de papier ou de lointains roulements de tonnerre. C'était sans doute là l'écho affaibli d'une inimaginable cacophonie. L'atmosphère devait être déchirée par des sons capables de réduire n'importe quel matériau en nuées d'atomes. Mais Bowman était à l'abri du bruit comme de la chaleur. Totalement isolé de cette violence, il franchissait des viaducs de flammes longs de milliers de milles qui s'élevaient et s'effondraient lentement autour de lui. Les forces déchaînées de l'étoile rouge semblaient appartenir à un autre univers et la capsule glissait sans dommage dans la brume de feu.

A présent que le regard de Bowman n'était plus

troublé par les dimensions de la vision et son étrangeté, il commençait d'apercevoir des détails. La surface de l'étoile n'était en rien un chaos. Des formes y apparaissaient, ainsi que dans toute création de la nature. Tout d'abord, il remarqua de petits tourbillons de gaz, sans doute à peine plus grands que l'Asie ou l'Afrique, qui dérivaient sur l'océan de feu. Il se trouvait parfois à la verticale de l'un d'eux et son regard plongeait alors à l'intérieur, découvrant des régions plus sombres, plus froides, plus lointaines. Assez curieusement, il ne voyait aucune tache solaire et il songea que c'était peut-être là une maladie particulière aux étoiles telles que le soleil.

Des nuages étaient visibles, parfois, semblables à des écharpes de fumée dans un vent furieux. Mais peut-être était-ce vraiment de la fumée, car ce soleil était si tiède que le feu véritable pouvait y exister. Les corps chimiques pouvaient fort bien naître et vivre là durant quelques secondes avant d'être dissociés par les forces environnantes.

L'horizon devenait maintenant plus lumineux et sa teinte passa du rouge au jaune, puis au bleu avant d'atteindre un violet éblouissant. La Naine Blanche revenait, avec sa colonne de marée stellaire. Bowman mit sa main en écran devant ses yeux pour échapper à l'intolérable lueur et regarda la surface du soleil au-dessous de la colonne lumineuse. Il avait une fois contemplé une trombe en déplacement dans les Caraïbes... Mais l'échelle était différente ici. Cette trombe de flammes aurait pu contenir la Terre. Immédiatement en dessous, il découvrit alors un phénomène qui était certainement nouveau, car il n'aurait pu manquer de le remarquer avant. Des myriades de gouttes de lumière se déplaçaient dans l'océan de gaz. Elles étaient habitées d'une clarté nacrée qui variait à quelques secondes d'intervalle. Toutes allaient dans la même direction à la façon de saumons remontant un fleuve. Parfois, elles se déplaçaient latéralement, leurs trajets se coupaient, mais jamais elles ne se touchaient. Il y en avait des milliers, et plus Bowman regardait, plus il était convaincu qu'elles se dirigeaient vers un but déterminé. Elles étaient trop loin pour qu'il pût apercevoir un éventuel détail de leur forme mais le seul fait qu'il pût les distinguer dans ce colossal panorama impliquait qu'elles devaient mesurer des dizaines, des centaines de milles. Si c'était là des entités organisées, il s'agissait de véritables Léviathans, conçus à l'échelle de leur monde. Ce pouvait être aussi des nuages de plasma rendus temporairement stables par quelque combinaison des forces naturelles, comme ces apparitions qui intriguaient encore les savants de la Terre. L'explication était facile et rassurante mais Bowman, en plongeant le regard vers l'incroyable flot, ne parvenait pas à l'accepter. Ces globules de lumière *savaient* où ils allaient. Ils convergeaient tous sur le palier de feu soulevé par la Naine Blanche. A nouveau, il porta son regard sur la trombe flamboyante. Si ce n'était pas un effet de son imagination, il voyait bel et bien des taches plus lumineuses qui s'élevaient au long de la colonne, comme si d'innombrables étincelles s'étaient fondues en continents de phosphorescences.

L'idée dépassait l'imagination, mais il lui semblait assister à une migration d'une étoile à l'autre par ce pont de feu. Mais il ne saurait sans doute jamais si ces créatures de lumière n'étaient que des animaux cosmiques qu'un instinct comparable à celui du lemming emportait vers l'espace ou s'ils formaient un vaste rassemblement d'intelligences.

Il se déplaçait au sein d'un nouvel ordre de la création dont l'homme n'avait jamais osé rêver. Au-delà des royaumes de la mer, de la terre et de l'espace s'étendaient ceux du feu qu'il avait eu le privilège de contempler. Il ne pouvait espérer pouvoir en plus les comprendre.

44

RECEPTION

Le pilier ardent s'en allait vers le bord du soleil tout comme un orage s'éloigne sur l'horizon. Les nodules lumineux ne se hâtaient plus sur la surface rouge. A l'intérieur de la capsule, à l'abri d'un univers qui aurait pu l'annihiler en un millième de seconde, David Bowman attendait ce qui devait venir.

La Naine Blanche parut accélérer encore. Elle atteignit l'horizon, l'embrasa et disparut. Un faux crépuscule tomba sur l'enfer qui rougeoyait tout en bas et une soudaine variation de lumière avertit Bowman que quelque chose de nouveau se passait à l'extérieur. Le monde rouge se faisait flou, comme s'il le contemplait au travers d'un rideau de gouttelettes d'eau. Pendant un instant, il se demanda même si ce n'était pas là le résultat d'un effet de diffraction dû au passage d'une onde de choc inhabituelle dans l'atmosphère. La lumière s'estompait.

On eût dit qu'un second crépuscule allait immédiatement succéder au premier. Involontairement, Bowman leva la tête. Mais la lumière, ici, venait du bas. Il avait l'impression que des parois de verre fumé se rabattaient sur la capsule, altérant la clarté rouge, obscurcissant la vision. Tout se fit de plus en plus sombre et le grondement lointain des ouragans stellaires lui-même finit par décroître et mourir. La capsule flottait dans le silence, dans la nuit. Et, un instant plus tard, il y eut un choc extrêmement doux lorsqu'elle se posa.

Sur quoi ? se demanda Bowman. Et la lumière revint, et les questions laissèrent place à un désespoir immense, car ce qu'il voyait maintenant autour de lui indiquait qu'il était fou.

Il s'était attendu à tout. A tout, sauf à cette scène banale et familière.

La capsule était posée sur le plancher lisse d'un appartement d'hôtel, élégant et anonyme, qui pouvait se trouver dans n'importe quelle ville importante sur Terre. Le regard de Bowman parcourait un living-room meublé d'une desserte, d'un divan, de six chaises, d'un secrétaire, de divers luminaires et d'une bibliothèque à demi pleine de livres, sur laquelle étaient posées quelques magazines et même un vase de fleurs. Sur un mur *Pont en Arles* de Van Gogh, sur l'autre *Christina's world* de Wyeth. Bowman était certain que, s'il ouvrait le secrétaire, il y trouverait une Bible.

S'il était réellement fou, ses visions étaient merveilleusement organisées car tout était parfait.

Quand il bougeait, rien ne disparaissait. Le seul élément incongru — très incongru — de ce décor, était la capsule elle-même.

Durant plusieurs minutes, il ne quitta pas son siège. Il espérait vaguement que la vision allait s'effacer. Mais elle resta aussi nette que tous les objets qu'il avait pu rencontrer dans sa vie. Elle était réelle ou bien, par un phénomène qui affectait tous les sens, il était maintenant incapable de distinguer le rêve de la réalité. C'était peut-être une sorte de test. S'il en était ainsi, non seulement son sort, mais celui de la race humaine tout entière pouvaient dépendre de ses actes dans les instants qui allaient suivre.

Il pouvait demeurer assis et attendre ce qui allait arriver, ou bien ouvrir la porte du sas et sortir pour affronter la réalité de cette scène. Le plancher semblait solide. En tout cas, il supportait le poids de la capsule. Il était peu probable qu'il pût tomber au travers, quelle que fût sa nature. Mais restait la question de l'air. Cette pièce pouvait fort bien être plongée dans le vide ou emplie d'une atmosphère empoisonnée. Cela lui semblait toutefois improbable, car nul n'aurait pris la peine de soigner tous ces détails en omettant un point essentiel, mais il ne voulait pas prendre de risque inutile. Ses années de formation l'avaient rendu vigilant quant aux dangers de contamination et il n'était pas disposé à s'exposer à un milieu inconnu aussi longtemps qu'il aurait le choix.

Cet endroit avait l'aspect d'un appartement, quelque part aux Etats-Unis, ce qui ne changeait absolument rien au fait qu'il devait se trouver en réalité à des centaines d'années-lumière du système solaire.

Bowman referma son casque, le verrouilla et manœuvra le dispositif d'ouverture de la capsule. Il y eut un bref sifflement quand les pressions s'égalisèrent et il sortit dans la pièce.

Pour autant qu'il pût en juger, le champ gravifique était normal. Il leva un bras et le laissa retomber : son geste dura moins d'une seconde. Ce qui rendait la situation doublement irréelle. Il était là, debout, en scaphandre (alors qu'il aurait dû flotter) près d'un véhicule qui ne pouvait normalement fonctionner qu'en totale apesanteur. Tous ses réflexes d'astronautes en étaient perturbés et il lui faudrait réfléchir avant chaque mouvement.

Comme un homme en transe, il s'avança lentement dans l'appartement. Et celui-ci ne disparut pas ainsi qu'il s'y était attendu. Il demeura parfaitement stable, parfaitement réel. Et apparemment solide.

Il s'arrêta près de la desserte. Un visiophone Bell du type standard était posé dessus, avec un annuaire. Bowman se baissa et prit le volume entre ses mains gantées. Sur la couverture, imprimé en caractères familiers, il lut : WASHINGTON D. C. Il regarda alors plus attentivement et, pour la première fois, il eut la preuve palpable qu'il n'était pas sur Terre. Il ne parvenait à lire que le seul mot WASHINGTON D. C. Le reste demeurait flou, comme s'il contemplait la reproduction d'une photographie de journal. Il ouvrit les pages au hasard. Elles étaient faites d'une matière raide qui n'était certainement pas du papier bien que la ressemblance fût troublante. Toutes étaient blanches. Il souleva le combiné du visiophone et l'appuya contre son casque. S'il y avait eu une sonorité d'appel, il l'aurait entendu. Mais tout était silencieux. Ainsi il n'avait affaire qu'à une mise en scène, il se déplaçait dans un décor factice bien que fantastiquement précis. Tout cela, il en était certain, n'avait été monté que pour le rassurer et non pour l'abuser. Du moins il l'espérait. C'était là une pensée réconfortante, mais, néanmoins, il ne comptait pas ôter son scaphandre avant d'avoir achevé ses investigations. Tous les meubles semblaient solides, en parfait état. Il essaya une chaise et elle supporta son poids. Mais les tiroirs ne s'ouvraient pas : ils étaient faux. Il en était de même des livres et des magazines dont les pages étaient aussi vides que celles de l'annuaire. Seuls les titres étaient lisibles. Le choix était étrange : des best-sellers ultra-commerciaux, quelques bouquins didactiques très connus et des autobiographies de célébrités. Aucun livre n'avait plus de trois ans d'âge et le niveau intellectuel était plutôt faible. Mais cela était sans importance puisque l'on ne pouvait même pas retirer les volumes des rayons.

Deux portes s'ouvrirent aisément devant Bowman. L'une donnait sur une chambre petite et confortable meublée d'un lit, d'un bureau et de deux chaises. Les luminaires s'allumaient et s'éteignaient et il y avait même une penderie. Il l'ouvrit et trouva à l'intérieur quatre costumes, une robe de chambre, une douzaine de chemises blanches et du linge de corps. Il prit l'un des costumes et l'examina soigneusement. Pour autant qu'il pût se fier à ses mains gantées, il était fait d'une matière qui ressemblait plus à de la peau qu'à de la laine. La coupe était également assez démodée. Il y avait au moins quatre ans que l'on ne portait plus de costume croisé. A côté de la chambre se trouvait une salle de bains. Il s'aperçut que l'équipement n'était pas factice et fonctionnait parfaitement. Il passa ensuite dans une petite cuisine pourvue d'une cuisinière électrique, d'un réfrigérateur, de divers placards, d'une table, de plusieurs chaises et d'un évier. La batterie de cuisine était au complet. Il entreprit d'explorer les lieux plus à fond, poussé par la curiosité et par une faim grandissante. Tout d'abord, il ouvrit le réfrigérateur. Les rayons étaient bien garnis de boîtes et de paquets qui tous, jusqu'à une certaine distance, paraissaient familiers. De près, cependant, les inscriptions des étiquettes devenaient floues et illisibles. Fait notable, il n'y avait pas de lait, ni d'œufs, ni de beurre, ni de viande, ni de fruits, ni aucune denrée crue. En fait, le réfrigérateur ne contenait que des aliments déjà traités. Bowman prit un paquet de céréales destinées au petit déjeuner, tout en songeant qu'il était étrange de trouver cela dans un réfrigérateur. Mais dès qu'il le souleva, il comprit qu'il ne pouvait certainement pas contenir des céréales : il était bien trop lourd. Il l'ouvrit et se pencha sur le contenu. Il vit une substance bleue légèrement humide au toucher. La texture et la densité rappelaient le pudding et, en dépit de la couleur, c'était assez appétissant. Mais c'est ridicule, songea-t-il. On me surveille certainement et j'ai l'air d'un idiot avec ce scaphandre. S'il s'agit d'une sorte de test d'intelligence, j'ai sûrement déjà échoué, et de loin. Sans plus hésiter, il regagna la chambre et entreprit de déverrouiller son casque. Puis il le souleva d'une fraction de centimètre, fit sauter le sceau de sécurité et inspira avec circonspection. L'air lui parut tout à fait normal.

Il ôta complètement son casque, le posa sur le lit et entreprit avec joie — non sans difficultés — de se débarrasser de son scaphandre. Libre, il s'étira, respira à fond et suspendit ensuite soigneusement le scaphandre dans la penderie. L'effet était plutôt étrange mais le goût de l'ordre que Bowman partageait avec tous les astronautes lui eût interdit de mettre sa tenue spatiale en tout autre endroit.

Il regagna alors en hâte la cuisine et se mit à inspecter de plus près la boîte de « céréales ». Le pudding bleu dégageait un parfum discret, épicé, qui rappelait celui d'un macaron. Il le soupesa puis en brisa un morceau qu'il renifla. Il était certain qu'on ne cherchait pas à l'empoisonner, mais une erreur restait possible, surtout dans le domaine complexe de la biochimie.

Il grignota quelques miettes, mâcha et avala. La saveur était si subtile qu'elle lui échappait. Fermant les yeux, il s'imagina manger de la viande, ou du pain frais, ou même des fruits secs. A moins de suites néfastes, il n'avait plus à redouter la famine.

Après plusieurs bouchées de la substance bleue, il se sentit presque rassasié et il chercha quelque chose à boire. Il y avait une demi-douzaine de boîtes de bière d'une bonne marque au fond du réfrigérateur et il en ouvrit une. La tirette céda et le métal se découpa selon le tracé prévu, mais la boîte ne contenait pas de bière. Il vit avec surprise qu'elle était pleine de substance bleue. En quelques secondes, il eut ouvert toutes les boîtes et les paquets. Quelle que fût l'étiquette, le contenu restait le même. Son régime promettait d'être assez monotone, et il n'aurait que de l'eau comme boisson. Il remplit un verre au robinet de la cuisine et but avec précaution. Il recracha immédiatement la première gorgée : c'était atroce. Puis, honteux de sa réaction, il se força à finir le verre.

Une seconde lui avait suffi pour identifier le liquide et si le goût lui avait paru atroce, c'était en réalité parce qu'il n'y en avait pas. Le robinet donnait de l'eau distillée. Bowman songea que ses hôtes inconnus ne prenaient aucun risque avec sa santé.

Il se sentait mieux et il décida de prendre une douche. Il n'y avait pas de savon, ce qui était un nouvel inconvénient, mais, par contre, la salle de bains était pourvue d'un séchoir à air chaud dans lequel il s'attarda avec délices quelques instants avant d'enfiler slip, maillot de corps et robe de chambre. Après quoi, il s'étendit sur le lit, contempla le plafond et essaya de réfléchir à sa fantastique situation.

Il n'avait guère avancé lorsqu'une nouvelle pensée vint le distraire. Immédiatement au-dessus du lit se trouvait l'écran de TV du modèle courant dans les hôtels. Il avait cru tout d'abord qu'il devait être factice au même titre que le visiophone ou les livres, mais la télécommande qui pendait à côté du lit semblait si réelle qu'il ne put s'empêcher de jouer avec les boutons. Et l'écran s'alluma. Fiévreusement, il sélectionna une chaîne et obtint presque aussitôt une image.

Un commentateur africain très connu apparut. Il parlait des dernières mesures prises pour sauvegarder la faune sauvage de son continent. Bowman écouta pendant quelques secondes, tellement captivé par le simple son de cette voix humaine qu'il ne se préoccupait pas du sens des mots. Puis il changea de chaîne. Dans les minutes qui suivirent, il obtint un orchestre symphonique jouant le *Concerto pour violon* de Walton, une discussion sur la faillite du théâtre classique, un western, une démonstration d'un nouveau traitement contre la migraine, un jeu en langue orientale, un psychodrame, trois commentateurs d'actualités, un match de football, un cours de géométrie dans l'espace (en russe) et divers signaux, mires et bulletins d'informations. C'était là, en fait, l'éventail parfaitement normal des émissions mondiales et, en dehors du soutien moral que cela lui apportait, un soupçon se confirmait dans son esprit. Tous ces programmes étaient vieux de deux ans environ. Ce qui correspondait à l'époque de la découverte de AMT-1. Il était difficile de penser que ce n'était qu'une coïncidence. Quelque chose avait espionné la télévision. Le monolithe de Tycho avait été plus actif que ne le pensaient les hommes.

Bowman continua d'explorer les chaînes et il reconnut soudain une scène familière. C'était l'appartement où il se trouvait, occupé par un acteur célèbre affrontant une maîtresse infidèle. Il eut un choc en découvrant le living qu'il venait juste de quitter et dans lequel la caméra suivait le couple orageux jusqu'à sa chambre. Malgré lui, il regarda vers la porte pour voir si personne n'entrait.

C'était donc ainsi que l'on avait préparé sa réception. Ses hôtes s'étaient inspirés de programmes de TV. L'impression qu'il avait eue de se trouver à l'intérieur d'un film était presque justifiée. Pour l'instant, il avait appris tout ce qu'il désirait savoir, et il éteignit le poste. Que faire maintenant ? se demanda-t-il en croisant les mains derrière la tête, le regard fixé sur l'écran glauque. Physiquement et émotionnellement, il était épuisé. Pourtant, il lui semblait impensable que l'on pût dormir dans des circonstances aussi fantastiques, si loin de la Terre. Mais l'instinctive sagesse du corps et le confort du lit s'unirent contre sa volonté. Il tâtonna à la recherche d'un bouton mais déjà la chambre était obscure. En quelques secondes, il fut bien au-delà des rêves.

Pour la dernière fois, David Bowman dormait.

45

RECAPITULATION

Les meubles de la chambre, désormais inutiles, se dissolvèrent dans l'esprit de leur créateur. Seuls demeurèrent le lit et les murs qui abritaient le fragile organisme des énergies qu'il n'aurait su encore contrôler.

Dans son sommeil, David Bowman bougeait sans cesse. Il ne s'éveillait pas, il ne rêvait pas non plus, mais il n'était plus le même. Tel un brouillard s'insinuant dans une forêt profonde, quelque chose envahissait son esprit. Il percevait à peine cette pénétration, car un impact direct l'eût détruit aussi aisément que les feux qui faisaient rage au-delà des murs. Il ne pouvait ressentir ni espoir ni crainte. Il n'y avait plus que la sensation de cet examen sans passion. Toutes ses émotions avaient été drainées hors de lui. Il lui semblait flotter dans l'espace tandis que, autour, dans toutes les directions, s'étendait un réseau géométrique de lignes sombres au fond desquelles se déplaçaient de minuscules nodules de lumière. Certains allaient lentement, d'autres passaient à des vitesses stupéfiantes. Bowman avait une fois observé au microscope une coupe de cerveau humain, et le réseau des fibres nerveuses avait eu la même apparence complexe. Mais l'image avait été statique, morte, alors que ce qu'il voyait transcendait la vie. Il savait — ou pensait savoir — qu'il observait le fonctionnement de quelque cerveau gigantesque, qu'il contemplait l'univers dont il n'était qu'une infime partie.

La vision, ou l'illusion, persista un moment. Puis les strates de cristal et les perspectives mouvantes de lumière s'évanouirent, et David Bowman glissa dans un domaine de conscience que nul homme n'avait jamais atteint.

Tout d'abord, il lui sembla que le temps lui-même allait à rebours. Il était prêt à accepter ce prodige jusqu'à ce que lui apparaisse la vérité, plus subtile. Les rouages de sa mémoire étaient sondés et il revivait tout son passé en souvenir continu. L'appartement, la capsule, puis les paysages incandescents du grand soleil rouge, le centre ardent de la Galaxie, la porte par laquelle il avait surgi dans cet univers : il voyait, il éprouvait à nouveau toutes les impressions sensorielles, toutes les émotions qu'il avait connues alors. Tout défilait de plus en plus vite. Son existence était comme une bande magnétique que l'on réenroulait à une allure sans cesse accélérée. Il était de nouveau à bord du vaisseau et les anneaux de Saturne emplissaient le ciel. Il répétait son dialogue avec Carl, il voyait Poole partir pour sa dernière mission, il entendait les voix venues de la Terre et qui lui disaient que tout se passait bien.

Et comme il revivait chacun de ces instants, il comprenait qu'en vérité tout s'était bien passé. Il parcourait à nouveau les couloirs du temps, il se vidait de sa connaissance, de ses expériences. Il retournait vers l'enfance. Mais il ne perdait rien. Tout ce qu'il avait jamais été à n'importe quel moment de son existence était transféré en un lieu plus sûr. Un David Bowman cessait d'exister, mais un autre devenait immortel.

De plus en plus vite, il traversait les années oubliées vers un monde plus simple. Des visages qu'il avait crus à jamais perdus lui souriaient à nouveau, tendrement. Et il leur répondait, avec sincérité, avec aisance.

Mais la régression touchait à sa fin. Les nuits de la mémoire s'asséchaient. Le temps s'écoulait de plus en plus difficilement, approchant de la stase, tout comme un pendule, à la limite de son arc, semble se figer pour un instant éternel.

L'instant éternel s'acheva. Le pendule reprit son mouvement.

Dans une chambre vide flottant au milieu des feux d'une étoile double à vingt mille années-lumière de la Terre, un bébé ouvrit les yeux et se mit à crier.

46

TRANSFORMATION

Puis il se tut et il vit qu'il n'était plus seul.

Un rectangle fantomatique et brillant venait d'apparaître. Il se matérialisa sous l'aspect d'un bloc de cristal, perdit sa transparence et fut envahi peu à peu d'une luminescence pâle, laiteuse. Des formes floues, hypnotiques, jouèrent à sa surface, dans ses profondeurs. Elles s'unirent en barres de lumière et d'ombre, puis formèrent des dessins entrecroisés qui se mirent à tourner selon un rythme qui, maintenant, semblait emplir tout l'espace.

C'était une vision digne de retenir l'attention de n'importe quel bébé, de n'importe quel homme-singe. Mais, tout comme trois millions d'années auparavant, ce n'était là que la manifestation extérieure de forces trop subtiles pour être consciemment perçues. Il s'agissait seulement d'un jouet destiné à distraire les sens. Le véritable processus se déroulait aux plus profonds niveaux de l'esprit. Cette fois, il était rapide, sûr. Le nouveau dessin était aisément tissé, car le tisserand avait beaucoup appris durant les siècles qui s'étaient écoulés. Il se servait maintenant pour son art de fils infiniment plus fins. Mais seul l'avenir dirait s'il achèverait son œuvre.

Avec des yeux qui, déjà, recelaient plus que ceux d'un simple humain, le bébé regarda les profondeurs du cristal-mais sans comprendre encore les mystères qui les habitaient. Il savait qu'il était revenu chez lui, que le berceau de sa race et de beaucoup d'autres se trouvait ici, mais il savait aussi qu'il ne pouvait y demeurer. Au-delà de ce moment une autre naissance l'attendait, plus étrange que toutes celles qui l'avaient précédée.

L'instant était venu. Les formes brillantes, au cœur du cristal, ne renvoyaient plus l'écho de ses mystères. Elles moururent et les murs protecteurs retournèrent au néant d'où ils étaient sortis. Le soleil rouge emplit le ciel.

Le métal et le plastique de la capsule oubliée, le vêtement porté jadis par une entité appelée David Bowman, se changèrent en flammes. Les ultimes liens avec la Terre furent rompus et retournèrent à l'état d'atomes libres. Mais l'enfant ne s'en aperçut pas. Il s'adaptait confortablement à son nouveau milieu incandescent. Pour quelque temps encore, il aurait besoin de son enveloppe de chair pour concentrer ses pouvoirs. Son corps indestructible était l'image de lui-même que lui donnait son esprit et il savait qu'il n'était qu'un bébé.

Il le resterait jusqu'à ce qu'il choisisse une forme nouvelle ou qu'il ait dépassé les nécessités de la matière.

A présent, il était libre de partir. En un sens, pourtant, il ne quitterait pas vraiment cet endroit puisqu'il ferait partie de l'entité qui utilisait l'étoile double pour ses insondables desseins. La direction de son but, sinon sa nature, était parfaitement claire pour lui. Il était inutile d'emprunter à nouveau le chemin compliqué qu'il avait suivi pour venir. Avec des instincts affinés par trois millions d'années, il sut qu'il existait plus d'une voie possible dans l'espace. Les mécanismes anciens de la Porte des Etoiles l'avaient bien servi, mais il n'avait plus besoin d'eux.

Le rectangle scintillant qui, auparavant, n'avait été rien d'autre qu'un bloc de cristal, flottait devant lui, aussi indifférent aux flammes infernales qu'il l'était lui-même. Il gardait en lui des secrets inouïs sur l'espace et le temps, mais le bébé en comprenait au moins certains et il pouvait le commander. Le rapport de ses côtés 1-4-9, était tellement évident, tellement *nécessaire.* Il eût été si naïf d'imaginer que les séries s'achevaient ainsi, avec seulement trois dimensions !

Il fixa son esprit sur ces bases géométriques et, comme ses pensées agissaient, l'espace tout entier s'emplit d'une nuit interstellaire. L'éclat du soleil rouge s'éteignit, ou plutôt, il parut s'effacer dans toutes les directions en même temps.

Et là, devant le bébé, il y avait maintenant la spirale de lumière de la Galaxie.

Ç'aurait pu être tout aussi bien quelque merveilleux modèle pris dans le plastique, infiniment riche en détail. Mais c'était la réalité, saisie dans son intégralité par des sens désormais plus subtils que la vision. Et il pouvait à son gré concentrer son attention sur n'importe laquelle des cent milliards d'étoiles. Et plus encore... *Il y était,* emporté dans le grand fleuve des soleils, à mi-chemin entre les agglomérats de feu du centre et les rares étoiles-sentinelles de la périphérie. Et c'était là qu'il voulait se retrouver, au bord de cet abîme ouvert dans le vide, près de ce ruban d'obscurité vierge d'étoiles. Il savait que ce chaos informe qui n'était visible que par la brume de lumière qui le dessinait en silhouette était fait de la matière même de la création, encore inutilisée, de la substance brute des évolutions à venir. Là, le Temps n'avait pas commencé. La lumière et la vie n'habiteraient ces espaces que longtemps après que les soleils qui brillaient maintenant se seraient éteints.

Il avait une fois franchi l'abîme, involontairement. Il devait le franchir à nouveau, de plein gré, cette fois. Cette pensée l'emplit d'une terreur soudaine et glacée. Pendant un moment, il fut totalement désemparé. Sa vision nouvelle de l'univers vacilla et menaça de se rompre en fragments innombrables. Ce n'était nullement la peur du gouffre inter-galactique qui figeait son âme, mais une inquiétude plus profonde, issue de l'avenir qui n'était pas encore. Au-delà du temps, il avait laissé des traces de son origine humaine. A présent, tandis qu'il contemplait le fleuve de nuit sans étoiles, il entrevoyait pour la première fois l'Eternité béante devant lui.

Il se souvint alors que plus jamais il n'y serait seul et, lentement, sa panique décrut. Il perçut à nouveau l'univers comme un cristal, mais il savait maintenant que ce n'était pas par ses seuls sens. Lorsqu'il aurait besoin d'aide pour ses premiers pas, il l'obtiendrait.

A nouveau confiant comme un plongeur qui retrouve son sang-froid, il se lança par-dessus les années-lumière. La Galaxie frémit sous l'étreinte mentale qui l'englobait tout entière. Les étoiles et les nébuleuses défilèrent en une illusion de vitesse infinie. Des soleils fantômes explosèrent et s'évanouirent derrière lui tandis qu'il s'infiltrait dans leur cœur même. La froide et obscure poussière cosmique qu'il avait redoutée ne semblait rien de plus que l'aile d'un corbeau dans le soleil.

Les étoiles se faisaient plus clairsemées. L'éclat de la Voie Lactée n'était plus que le pâle reflet de la gloire que le bébé avait contemplée — et qu'il pourrait contempler à nouveau, quand il serait prêt.

Il était de retour, exactement où il l'avait désiré, dans ce qui était pour les humains l'espace réel.

47

L'ENFANT DES ETOILES

Là, devant lui, comme un jouet brillant auquel nul Enfant des Etoiles n'aurait pu résister, flottait la planète Terre, avec tous ses habitants.

Il était revenu à temps. Tout en bas, les signaux d'alerte venaient d'apparaître sur les écrans-radars, les grands télescopes fouillaient le ciel. L'Histoire telle que les hommes l'avaient connue approchait de son terme.

L'Enfant sut alors qu'un chargement de mort avait quitté le sol, un millier de milles plus bas, et gagnait lentement son orbite. Les faibles énergies qu'il décelait ne représentaient pour lui aucune menace mais il préférait en débarrasser le ciel. Il projeta sa volonté et les mégatonnes explosèrent en une détonation silencieuse qui fit naître sur la moitié du globe une aube brève et artificielle.

Puis l'Enfant attendit, ordonnant ses pensées, avec tous ses pouvoirs encore inutilisés. Il était maintenant maître du monde, et il n'était pas très sûr de ce qu'il allait faire ensuite.

Mais il lui viendrait bien une idée.

TABLE DES MATIERES

Science Fiction

J'AI LU

Jacques Sadoul présente une sélection des meilleurs auteurs du genre, déjà publiés ou inédits.

Demandez à votre libraire le catalogue semestriel gratuit.

ASIMOV Isaac

Les cavernes d'acier (404 * * *)
Dans les cités souterraines du futur, le meurtrier reste semblable à lui-même.

Les robots (453 * * *)
D'abord esclaves soumis des hommes, ils deviennent leurs maîtres.

Un défilé de robots (542 * *)
D'autres récits passionnants sur ce sujet inépuisable.

BARBET Pierre

L'empire du Baphomet (768 *)
Le démon Baphomet des Templiers n'aurait-il été qu'une créature venue des étoiles ?

BLISH James

Semailles humaines (752 * *)
Des hommes adaptés aux conditions de vie extra-terrestre colonisent la Galaxie.

CHERRYH Carolyn J.

Hestia (1183 * *)
Il aime une non-humaine ; leur vie est en danger.

CLARKE Arthur C.

2001 - l'odyssée de l'espace (349 * *)
Ce voyage fantastique aux confins du cosmos a suscité un film célèbre.

Les enfants d'Icare (799 * * *)
L'arrivée d'êtres d'outre-espace signifie-t-elle la perte de la liberté ?

L'étoile (966 * * *)
Une nouvelle anthologie des meilleures nouvelles d'Arthur C. Clarke.

Rendez-vous avec Rama (1047 * * *)
Pour la première fois dans l'histoire de l'humanité, un vaisseau spatial étranger pénètre dans le système solaire.

CURVAL Philippe

Le ressac de l'espace (595 * *)
Des envahisseurs extra-terrestres surtout préoccupés de beauté et d'harmonie.

L'homme à rebours (1020 * * *)
La réalité s'est dissoute autour de Giarre : sans le savoir, il a commencé un voyage analogique.

DELANY Samuel

Nova (760 * * *)
Un space-opéra flamboyant qui plonge au cœur des étoiles en explosion.

Babel 17 (1127 * * *)
Le langage peut-il être l'arme absolue ?

DEMUTH Michel

Les Galaxiales
(2 t. 693 * * * et 996 * * *)
La première Histoire du Futur écrite par un auteur français.

DICK Philip K.

La vérité avant-dernière (910 * * *)
Enterrés depuis quinze ans, ils attendent la fin de la guerre atomique.

Les machines à illusions (1067 **)
Lorsqu'on débranche les machines, les illusions persistent...

DOUAY Dominique
L'échiquier de la création (708 **)
Un jeu d'échecs cosmique où les pions sont humains.

ELLISON Harlan
Dangereuses visions
(2 t. 626 *** et 627 ***)
L'anthologie qui a révolutionné en 1967 le monde de la science-fiction américaine.

HARNESS Charles
L'anneau de Ritornel (785 ***)
C'est dans l'Aire Nodale, au cœur de l'univers, que James Andrek trouvera son destin.

HARRISON Harry
Le monde de la mort (911 **)
Pour un joueur professionnel, quoi de plus excitant que de jouer sa vie contre le sort d'une planète ?
Le monde de la mort - 2 Appsala
(1150 ***)
Jason dinAlt tombe de Charybde en Scylla.

HENDERSON Zenna
Chronique du Peuple (1092 ****)
Les enfants veillent à ne pas léviter devant leur nouvelle maîtresse d'école.

HERBERT Frank
La ruche d'Hellstrom (1139 ****)
Ou l'enfer des hommes insectes.

KEYES Daniel
Des fleurs pour Algernon (427 **)
Charlie est un simple d'esprit. Des savants vont le transformer en génie comme Algernon, la souris.

McDONALD John D.
Le bal du cosmos (1162 **)
Traqué sur Terre, il se voit projeté dans un autre monde.

PELOT Pierre
Kid Jésus (1140 ***)
Il est toujours dangereux de prendre la tête d'une croisade.

SPIELBERG Steven
Rencontres du troisième type (947 **)
Le premier contact avec des visiteurs venus des étoiles.

SPINRAD Norman
Jack Barron et l'éternité (856 ****)
Faut-il se vendre pour conquérir l'immortalité ?

STEINER Kurt
Le disque rayé (657 *)
L'homme a perdu son passé et le présent est un cauchemar.
Aux armes d'Ortog (1173 **)
Devenu chevalier-Naute, Ortog fait l'apprentissage de l'espace.

STURGEON Theodore
Cristal qui songe (369 **)
Fuyant des parents indignes, Horty trouve refuge dans un cirque aux personnages fantastiques.
Les talents de Xanadu (829 ***)
Visitez Xanadu, le monde le plus parfait de la galaxie.

VAN VOGT A.E.
Le monde des Â (362 **)
Gosseyn n'existe plus : il lui faut reconquérir jusqu'à son identité.
A la poursuite des Slans (381 **)
Beaux, intelligents, supérieurs aux hommes, les Slans doivent se cacher.
Le colosse anarchique (1172 ***)
Pour jouer, il doit détruire la race humaine.
Le Silkie (855 **)
Un surhomme ou un démon électronique ?

WILSON Colin
Les vampires de l'espace (1151 ***)
Ils se nourrissent de l'énergie vitale des hommes.

FOSTER Alan Dean

Alien (1115 * * *)
Avec la créature de l'Extérieur, c'est la mort qui pénètre dans l'astronef.

Le trou noir (1129 * * *)
Un maelström d'énergie les entraînait au delà de l'univers connu.

GOLON Anne et Serge

Angélique, marquise des Anges
Son mari condamné au bûcher, Angélique devient la marquise des Anges à la Cour des Miracles. Puis elle retrouve grâce auprès de Louis XIV et dispute son amour à Mme de Montespan. Bien d'autres aventures attendent encore Angélique...

GUEST Judith

Des gens comme les autres (909 * * *)
Après un suicide manqué, un adolescent redécouvre ses parents.

HALEY Alex

Racines (2 t. 968 * * * * et 969 * * * *)
Ce triomphe mondial de la littérature et de la TV fait revivre le drame des esclaves noirs en Amérique.

HAWKESWORTH J.

Maîtres et valets (717 * *)
Ce célèbre feuilleton de TV évoque la société aristocratique anglaise du début du siècle.

KING Stephen

Carrie (835 * * *)
Ses pouvoirs supra-normaux lui font massacrer plus de 400 personnes.

LARSON et THURSTON

Galactica (1083 * * *)
L'astro-forteresse Galactica reste le dernier espoir de l'humanité décimée.

LEVIN Ira

Un bébé pour Rosemary (342 * *)
A New York, Satan s'empare des âmes et des corps

Ces garçons qui venaient du Brésil (906 * * *)
Sur l'ordre du Dr Mengele, six tueurs nazis partent en mission.

LUND Doris

Eric (Printemps perdu) (759 * * *)
Pendant quatre ans, le jeune Eric défie la terrible maladie qui va le tuer.

MALPASS Eric

Le matin est servi (340 * *)
Le talent destructeur d'un adorable bambin de sept ans.

Au clair de la lune, mon ami Gaylord (380 * * *)
L'univers de Gaylord est troublé par l'apparition de trois étranges cousins.

RODDENBERRY Gene

Star Trek (1071 * *)
Un vaisseau terrien seul face à l'envahisseur venu des étoiles.

RUBENS Bernice

Chère inconnue (1158 * *)
Une correspondance amoureuse peut déboucher sur la tragédie.

SAGAN Françoise

Le sang doré des Borgia (1096 * *)
Une tragédie historique où se mêlent l'amour, l'argent et le poison.

SAUTET Claude

Un mauvais fils (1147 * * *)
Emouvante quête d'amour pour un jeune drogué repenti.

SPIELBERG Steven

Rencontres du troisième type (947 * *)
Le premier contact avec des visiteurs venus des étoiles.

TROYAT Henri

La neige en deuil (10 *)
Une tragédie dans le cadre grandiose des Alpes.

Aventure

Des aventures pour la plupart « vécues » vous emporteront avec leurs auteurs aux quatre coins du monde.

Demandez à votre libraire le catalogue semestriel gratuit.

ARSENIEV Vladimir
Dersou Ouzala (928****)
Un nouvel art de vivre à travers la steppe sibérienne.

BENCHLEY Peter
Dans les grands fonds (833***)
Pourquoi veut-on empêcher David et Gail de visiter une épave sombrée en 1943 ?

BURGER et SIMPSON
Le sous-marin du Triangle du Diable (877****)
Trente ans après, le Candlefish refait surface, vide mais intact.

CAIDIN Martin
Nimitz, retour vers l'enfer (1128***)
Le super porte-avions Nimitz glisse dans une faille du temps. De 1980, il se retrouve à la veille de Pearl Harbor.

COQUET Evelyne
Le bonheur à cheval (D 94****)
Deux jeunes filles refont, à cheval, le chemin des Croisés de Paris à Jérusalem.

COTTE Jean-Louis
La vallée des justes (907****)
Au Transvaal, un grand amour pris dans la tourmente de la guerre des Boers.

CUSSLER Clive
Renflouez le Titanic ! (892****)
... pour retrouver le minerai stratégique enfermé dans ses flancs.

FRISON-ROCHE
La vallée sans hommes (775***)
Dans le Grand Nord, il s'engage sur la Nahanni, la rivière dont on ne revient pas.
Carnets sahariens (866***)
Le chant du sable et du silence.
Premier de cordée (936***)
Cet appel envoûtant des cimes inviolées est devenu un classique.
La grande crevasse (951***)
La montagne apporte la paix du cœur à un homme déchiré.
Retour à la montagne (960***)
Pour son fils, Brigitte doit vaincre l'hostilité des hommes et des cimes.
La piste oubliée (1054***)
Dans les cimes bleues du Hoggar, Beaufort, l'officier, et Lignac, le savant, cherchent à retrouver une piste secrète.

La Montagne aux Ecritures (1064 ***)
La mission Beaufort-Lignac est-elle perdue ? Le capitaine Verdier part à sa recherche.
Le rendez-vous d'Essendilène (1078 ***)
Nicole était perdue, seule, au cœur du désert...
Le rapt (1181 ****)
Perdue dans le Grand Nord, Kristina sera-t-elle sauvée ?

GRADY James
Les trois jours du Condor (709 *)
Il a trois jours pour échapper aux assassins et démasquer les traîtres.
L'ombre du Condor (1065 ****)
Tombé aux mains d'agents chinois, pourra-t-il encore remplir sa mission ?

HALEY Alex
Racines (2 t. 968 **** et 969 ****)
Ce triomphe mondial de la littérature et de la TV fait revivre le drame des esclaves noirs en Amérique.

KATZ Robert
Le pont de Cassandra (827 **)
Contaminés par une arme bactériologique, ils sont emportés par un train fou.

LARTEGUY Jean
Les naufragés du soleil (1050 ****)
Trois hommes, rejetés d'Asie, se souviennent de leurs amours exotiques.
Le cheval de feu (1095 ****)
Yves Lortais, sorcier de la guerre, est pris entre Nane, son épouse, et la princesse Tiane.

LEVIN Ira
Ces garçons qui venaient du Brésil (906 ***)
Sur l'ordre du Dr Mengele, six tueurs nazis partent en mission.

REID P.R.
Colditz (661 **)
L'auteur s'évade, en 1942, de la forteresse d'où l'on ne s'évade pas (feuilleton TV)

RIOU Roger
Adieu la Tortue (D76 ****)
Fabuleuse aventure d'un missionnaire dans l'île de la Tortue.

URIS Leon
Trinité (3 t. 863 ****, 864 **** et 865 ****)
Dans une Irlande en flammes, le jeu de l'amour et de la mort.

WALKER Margaret
Jubilee (2 t. 842 *** et 843 ***)
*Elle est la fille du Maître blanc... elle restera toujours esclave. L'*Autant en emporte le vent *des Noirs américains.*

WOUK Herman
Le souffle de la guerre (3 t. 575 ****, 576 **** et 577 ****)
Brian, Nathalie, Pamela et Victor... Leurs vies et leurs amours vont être bouleversées par le grand souffle tragique de la Seconde Guerre mondiale.

Editions J'ai Lu, 31, rue de Tournon, 75006 Paris

diffusion
France et étranger : Flammarion, Paris
Suisse : Office du Livre, Fribourg
Canada : Flammarion Ltée, Montréal

Achevé d'imprimer sur les presses de l'imprimerie Brodard et Taupin
7, Bd Romain-Rolland, Montrouge. Usine de La Flèche,
le 22 juin 1981
1917-5 Dépôt Légal 2e trimestre 1981. ISBN : 2 - 277 - 11349 - 2
Imprimé en France